JEAN BRUCE

LES MONSTRES DU HOLY LOCH

roman

ARCHIPOCHE

Première édition :
Presses de la Cité, 1962.

Notre catalogue est consultable à l'adresse suivante :
www.archipoche.com

Éditions Archipoche
34, rue des Bourdonnais
75001 Paris

ISBN 978-2-37735-894-6

1

Une jeune fille entra dans le compartiment. Elle était grande, solidement bâtie, avec un visage clair et souriant, les yeux bleus, les cheveux blonds. Elle regarda les deux hommes l'un après l'autre et dit avec entrain :

— Je suis membre de la société pour la distribution des Saintes Écritures…

Hubert Bonisseur de la Bath sourit et répliqua courtoisement :

— Un joli membre.

— Merci, répondit-elle avec simplicité. Puis-je me permettre de vous offrir quelques conseils bibliques ?

Hubert haussa les sourcils, puis les épaules, légèrement.

— On a toujours plus ou moins besoin de conseils, admit-il. Surtout ce mécréant que vous voyez assis en face de moi…

Il montra Enrique Sagarra qui prit un air contrit. La jeune fille se tourna vers celui-ci.

— Il ne croit ni à Dieu ni à diable, précisa Hubert. D'un ton alourdi de regret.

— Pourquoi ? s'étonna la jeune fille.

— Pourquoi pas ? répondit Enrique.

Elle lui tendit une petite brochure.

— Prenez, dit-elle, et achetez une bible.

Enrique saisit l'opuscule.

— Je ne suis pas riche, protesta-t-il.

— Votre ami vous prêtera de l'argent. N'est-ce pas ? s'enquit-elle en regardant Hubert.

— Bien volontiers, accepta ce dernier. Mais je crains que le cas ne soit désespéré. Ce sombre individu a fait la guerre d'Espagne dans les rangs républicains et vous seriez étonnée d'apprendre le nombre de bonnes sœurs qui ont eu alors à se plaindre sérieusement de ses entreprises…

— Ciel ! s'exclama la jeune fille horrifiée.

Elle recula vers la porte. Enrique affichait un air angélique.

— Il exagère un peu, protesta-t-il. Toutes ne se sont pas plaintes…

— Seigneur ! murmura la jeune fille.

Et, sans demander son reste, elle disparut dans le couloir. Hubert se mit à rire. Son séduisant visage de prince pirate s'anima et des pattes-d'oie se creusèrent aux coins de ses yeux bleus que le hâle de sa peau faisait paraître plus clairs encore. Il passa une main longue et nerveuse sur ses cheveux bruns et remarqua :

— Elle a eu vraiment peur.

Enrique se leva pour aller jeter un coup d'œil dans le couloir. Il était plutôt petit, svelte, avec des fesses minces de danseur espagnol, le teint sombre, le cheveu noir et ondulé.

— Elle a disparu, constata-t-il.

Il revint prendre sa place, près de la fenêtre que battait la pluie.

— Vous ne devriez pas raconter des histoires pareilles, reprocha-t-il. Cela peut nuire à ma réputation.

— Ce ne sont pas des histoires, riposta Hubert, mais la vérité.

— Sans doute, mais j'étais jeune…

Il ouvrit l'opuscule que lui avait remis la jeune fille et lut soudain à haute voix :

— Selon qu'il est écrit : « *Il n'y a point de juste, pas même un seul.* » Romains 3:10.

— Si ça peut vous consoler, dit Hubert…

Il regarda au travers de la vitre brouillée par la pluie le paysage typiquement écossais, avec ses collines, ses murets de pierres noires délimitant les champs, ses troupeaux de moutons. Le *Midday Scot* se traînait sur une pente assez forte. Hubert consulta sa montre. Six heures. Ils n'atteindraient pas Glasgow avant huit heures, huit heures et demie, il ne savait pas exactement. Glasgow où ils devraient passer la nuit car il n'y aurait plus de correspondance pour gagner Dunoon, de l'autre côté de l'estuaire de la Clyde.

— C'est formidable, s'exclama Enrique qui continuait de lire les conseils bibliques. Ces gens-là ont tout prévu. Écoutez : « *Où trouver du secours quand vous vous trouvez… abandonné de vos amis : Psaumes 27, 35, 41, etc. Anxieux : Psaumes 46, etc.* » Tout est prévu : découragé, désemparé, las, avoir besoin de protection divine, en recul ou vaincu, en proie à la tentation, troublé… C'est tout de même le genre de trucs qui nous arrivent de temps en temps.

— Eh bien, achetez une bible, répliqua Hubert.

— N'y a qu'une chose qui n'est pas prévue, termina Enrique, c'est d'arrêter la pluie.

Il frissonna, posa l'opuscule sur le siège voisin puis se leva pour prendre son imperméable dans le filet. Il enfila le vêtement.

— Voilà deux mois, reprit-il, quand nous étions en Grèce... on se plaignait d'avoir trop chaud. J'ai vaguement l'impression que ce sera plutôt le contraire cette fois-ci...

Hubert ne répondit pas. Il pensait à la mission qui les attendait : démasquer un réseau d'espionnage soviétique dont les services spéciaux américains avaient de bonnes raisons de soupçonner l'existence autour de la base de sous-marins atomiques installée dans le Holy Loch. Le problème posé, Hubert Bonisseur de la Bath, *alias* OSS 117, avait lui-même établi un plan que M. Smith, le chef du service Action de la CIA, l'agence centrale de renseignement des États-Unis, s'était empressé d'accepter.

Un employé du wagon-restaurant passa dans le couloir en agitant une sonnette pour annoncer le premier service du dîner. Enrique s'empressa de feuilleter l'opuscule des conseils bibliques.

— Il n'y a aucun secours, non plus, contre la mauvaise nourriture, constata-t-il.

Ils avaient encore sur l'estomac l'amère expérience du déjeuner. Hubert proposa :

— Attendons d'être arrivés. Il existe sûrement un bon restaurant à Glasgow et, de toute façon, ça ne pourra pas être pire...

— Je préfère encore un simple sandwich à leur gigot bouilli et à leur sauce à la menthe, affirma Enrique. Ils ne nous auront pas deux fois...

*

Le lendemain matin, à neuf heures cinquante, Everett J. Anderson, quarante-six ans, prit le même train qu'Hubert Bonisseur de la Bath et Enrique Sagarra, à destination de Gourock, avec un billet valable pour la traversée en steamer de la Clyde jusqu'à Dunoon.

Pendant un court instant, les trois hommes marchèrent presque à la même hauteur sur la plateforme numéro 13, à l'extrême droite de la gare de Glasgow. Puis, ils se trouvèrent séparés. Everett J. Anderson avait un ticket de seconde classe alors que les deux autres voyageaient en première.

Everett J. Anderson était un Américain de taille moyenne, avec l'air bien nourri, des cheveux blonds taillés en brosse et des yeux gris-vert un peu ternes. Il était ingénieur électronicien, détaché de Sperry & Autonetics auprès de l'US Navy et actuellement en poste sur le *Proteus*, le célèbre navire atelier chargé de l'entretien et du ravitaillement des sous-marins atomiques du Squadron 14, ancré dans le Holy Loch.

Everett J. Anderson était marié, ayant déjà divorcé deux fois, avec une jeune personne de dix-neuf ans, Marion, qu'il délaissait depuis quelques mois parce qu'il la trouvait déjà trop vieille. Everett J. Anderson aimait les fruits verts, les lolitas ; ce penchant funeste lui avait joué quelques mauvais tours depuis sa puberté et le dernier en date était le plus mauvais de tous, bien que Anderson ne le sût pas encore.

Il pleuvait et les lourds nuages noirs qui pesaient sur la grande cité industrielle retenaient la fumée des usines. Everett J. Anderson s'installa dans un compartiment désert, s'allongea sur la banquette et s'endormit aussitôt après le passage du contrôleur. Il s'était soûlé à mort au cours de la nuit et souffrait encore d'une magistrale gueule de bois malgré toutes les drogues adéquates dont il s'était bourré.

Il ne se réveilla qu'en gare de Gourock, une heure plus tard. Il avait mal au crâne et ses jambes avaient une fâcheuse tendance à se dérober sous lui. Dehors, le vent soufflait en rafales et ces gifles glacées constamment répétées le réveillèrent un peu. Il suivit le flot des voyageurs qui se hâtaient vers la sortie et montra son billet en indiquant qu'il continuait jusqu'à Dunoon.

Il tourna à droite pour gagner le quai maritime. Celui-ci n'est pas couvert et la pluie balayée par le vent le fouettait rageusement. Surpris par la force des bourrasques, Everett J. Anderson faillit perdre l'équilibre et recula de deux pas. Hubert Bonisseur de la Bath, qui arrivait derrière avec sa valise, le retint un court instant à bout de bras. L'ingénieur remercia et se pencha en avant pour repartir en direction du SS *Duchess of Hamilton*, un vapeur de huit cents tonnes, à deux cheminées, qui se préparait à larguer ses amarres.

Il buta sur les barres transversales de la passerelle et cette fois ce fut Enrique Sagarra qui le redressa. Il y avait beaucoup de passagers. Pendant quelques minutes, les trois hommes restèrent groupés sous le passage transversal d'où partait le grand escalier descendant à l'intérieur du bateau. Puis, tremblants de froid, Hubert et Enrique laissèrent leurs valises contre la paroi et descendirent se mettre à l'abri.

Le steamer se décolla du quai et partit dans la tempête, creusant sa route dans les vagues. L'eau était dure et moutonneuse, d'un gris sinistre ; la visibilité si mauvaise que la rive nord n'apparaissait que sous la forme d'une ligne légèrement plus claire, à peine distincte.

Une dizaine de personnes restaient sur le pont détrempé, sous l'abri devant le grand escalier. Deux joueurs de golf avec leurs sacs pleins à craquer, des jeunes gens légèrement vêtus, pâles et transis, deux ou trois femmes plus ou moins mal ficelées dans des imperméables ruisselants, la tête protégée par des foulards.

Adossé à la cloison, les mains dans les poches, Everett J. Anderson avait fermé les yeux. Il sentait l'humidité pénétrer ses chaussures et ses pieds se glacer lentement, mais il n'avait pas le courage de bouger. Il se demandait ce que faisait Marion, sa jeune épouse, si elle avait profité de son absence pour le tromper et comment elle l'accueillerait…, lorsqu'une main lui toucha le bras.

Il ouvrit les yeux et reconnut Moira Babins. Elle portait un manteau de pluie noir au col relevé et une écharpe blanche solidement nouée sous le menton, qui ne laissait découvert que l'ovale régulier de son visage à la peau mate et déjà fortement ridée bien qu'elle n'eût guère dépassé la quarantaine. Ses lèvres fripées, maquillées d'un rouge trop foncé, étaient minces et crispées et le regard de ses yeux bruns dépourvu de toute aménité.

— Suivez-moi, dit-elle, j'ai quelque chose à vous dire…

Elle avait parlé entre ses dents, juste assez haut pour dominer les bruits conjugués des machines, des vagues et du vent, assez bas pour ne pas être entendue des autres passagers les plus proches. Elle s'éloigna aussitôt à tribord en direction de la proue, affrontant la tempête à découvert.

Everett J. Anderson respira profondément et une vive douleur se vrilla dans son crâne. Son cœur battait sur un rythme accéléré. Il avait peur. « Qu'est-ce que cette garce peut bien encore me vouloir ? », grogna-t-il pour lui-même. Mais, après quelques secondes d'hésitation, il se décolla de la cloison et suivit les traces de la femme.

Moira Babins attendait un peu plus loin, à l'abri du vent mais non de la pluie. Elle était plutôt petite, assez bien faite et pouvait montrer une certaine séduction lorsqu'il lui arrivait de sourire. Elle regarda venir Anderson auquel le vent, le tangage et le roulis, ajoutés au pont rendu glissant par la pluie, posaient des problèmes d'équilibre en apparence fort ardus. Il arriva cependant auprès d'elle sans encombre et accrocha solidement la main courante.

— Vous êtes ivre, constata-t-elle avec mépris. À onze heures du matin.

— Je vous emmerde, répliqua Anderson. Videz votre sac et foutez-moi la paix.

Elle lança un coup d'œil de part et d'autre afin de s'assurer que personne ne pouvait les entendre. Des gouttes d'eau ruisselaient sur son visage tendu.

— J'ai transmis la copie de l'inventaire que vous m'avez remise, reprit-elle d'une voix sèche et dure. « Ils » ont été très contents et m'ont priée de vous remettre ceci…

Elle lui tendit un paquet enveloppé de papier brun fixé par un morceau de ruban adhésif.

— Qu'est-ce que c'est ? demanda-t-il sans le prendre.

— De l'argent. Deux cents livres sterling.

Il devint cramoisi.

— Vous vous foutez de moi !

Puis, d'un geste brutal, il s'empara du paquet et le projeta loin par-dessus bord. Les mouettes qui suivaient le bateau malgré la tempête se mirent à pousser des cris aigus et foncèrent, croyant à quelque nourriture. Everett J. Anderson tremblait de colère contenue. Moira Babins, impassible, enchaîna :

— « Ils » ont décidé de vous demander un nouveau service…

— Pas question. Plutôt crever, riposta sauvagement Anderson.

— Il s'agit pour vous, à l'occasion des vérifications d'entretien des fusées Polaris, de remplacer dans chacune d'elles la pièce numéro 72421 B de l'appareil de guidage par inertie, par une autre pièce identique fournie par « leurs » soins.

— Plutôt crever ! répéta Anderson.

Imperturbable, la femme continua :

— Grâce à l'inventaire que vous « leur » avez communiqué, « ils » savent exactement combien de pièces de ce type se trouvent en réserve dans le magasin du *Proteus*. « Ils » savent aussi le nombre de Polaris dont dispose actuellement le Squadron 14. Vous trouverez en rentrant, dans le coffre de votre voiture, un paquet contenant exactement le nombre de pièces nécessaires. Vous avez trois jours pour rapporter le nombre équivalent de pièces d'origine, moins celles correspondant aux sous-marins actuellement en mer et que vous devrez remettre au fur et à mesure de leur récupération.

— Plutôt crever ! affirma pour la troisième fois Anderson. Je vois trop bien où ils veulent en venir et je ne veux pas avoir le massacre de mes compatriotes sur la conscience...

— Ne soyez pas stupide. La Russie ne veut pas la guerre et ne menace personne. Le seul danger vient de certains de vos généraux qui sont partisans d'une attaque préventive. Voilà ce que nous devons empêcher à tout prix pour sauvegarder la paix et votre gloire sera d'y avoir participé pour une grande part.

— Vous me prenez pour un con, riposta Anderson.

— De toute façon, reprit Moira Babins, vous savez ce qui arrivera si vous refusez. Certaines personnes recevront certaines photos et...

— Vous êtes ignoble !

— Pour sauver la paix, monsieur Anderson, tous les coups sont permis. Il ne fallait pas vous mettre dans ce mauvais cas… En ce qui concerne la remise des pièces détachées d'origine, vous en ferez un paquet et vous irez le déposer dans trois jours à dix heures le soir au pied de la table d'orientation de Castle Hill, à Dunoon. Vous monterez par le chemin du côté de la gare maritime et vous redescendrez vers le McColl's Hotel.

— Ouais ! répliqua grossièrement Anderson. Comptez là-dessus, buvez de l'eau et vous vivrez longtemps !

Une rafale de pluie, plus violente que les autres, les obligea un instant à se taire. Ils étaient trempés et grelottaient de froid. Les mouettes criaient de plus belle. Anderson, qui regardait au loin, crut distinguer la jetée de bois de Hunter's Quay et l'entrée du Holy Loch.

— Je suis certaine que vous serez raisonnable, monsieur Anderson, conclut Moira Babins. Bonne journée.

Elle s'éloigna, accrochée à la main courante. Everett J. Anderson se mit à jurer effroyablement. Puis, il la suivit pour aller se mettre à l'abri. Il était dessoûlé.

*

Dix minutes plus tard, ayant traversé l'estuaire de la Clyde, le *Duchess of Hamilton* aborda le quai de la station de Dunoon. Le temps était toujours aussi détestable. La passerelle jetée, Hubert Bonisseur de la Bath et Enrique Sagarra descendirent dans les premiers. Des haut-parleurs diffusaient une musique de jazz destinée probablement à regonfler le moral des nouveaux arrivants. La jetée qui relie la gare à la terre ferme est coupée en deux dans le sens de la longueur par une cloison à demi vitrée. Hubert et Enrique, portant leurs valises, passèrent à droite afin de se mettre à l'abri du vent qui soufflait de l'ouest.

— Êtes-vous sûr que nous sommes en août ? questionna Enrique.

— Tout à fait sûr, hélas ! répliqua Hubert.

Ils franchirent les guichets, hélèrent un taxi.

— McColl's Hotel, dit Hubert au chauffeur.

L'hôtel McColl's était exactement à trois cents mètres à gauche. C'était un grand bâtiment jaunâtre qui ressemblait à une caserne, à cinquante mètres du bord de l'eau. Le taxi pénétra dans la cour où stationnaient quelques voitures et s'arrêta devant l'entrée. Un chasseur vint s'occuper des bagages. Hubert paya trois shillings et six pence pour la course, plus six pence de pourboire.

C'était un hôtel modeste, quoique moderne. Une jeune femme bien en chair, agréable à regarder malgré sa robe noire, s'occupait de la réception. Les deux hommes sortirent leurs passeports et s'inscrivirent sur le registre, respectivement sous les noms d'Hubert La Verne, ingénieur, et d'Enrique Leone, chauffeur. Parce qu'ils étaient étrangers, la jeune femme leur remit à chacun une fiche de police rose.

— Vous les remplirez dans votre chambre et vous me les rapporterez, dit-elle gentiment. Le déjeuner est à une heure, le dîner à sept heures.

Le chasseur les fit monter dans l'ascenseur et les conduisit au troisième étage. Ils avaient des chambres voisines, petites, mal meublées, avec un lavabo dans un coin.

— La salle de bains et les toilettes sont dans le couloir, annonça le chasseur. Le téléphone aussi.

— Le grand confort, quoi ! apprécia Enrique.

Hubert donna un pourboire à l'employé qui repartit.

— Ça fait longtemps qu'on n'avait pas été aussi gâtés, reprit Enrique.

— Je regrette, répondit Hubert, mais il paraît que nous sommes dans le meilleur hôtel de Dunoon.

— Eh bien, tant pis pour nous, conclut Enrique. Quel est le programme ?

— Allez défaire vos valises et attendez que je vous fasse signe.

— J'espère que ça ne sera pas trop long. Y a de quoi devenir neurasthénique dans des tôles pareilles.

Il sortit d'une poche l'opuscule de conseils bibliques que lui avait donné la jeune fille dans le train et chercha…

— Voyons… *Découragé… Psaumes 23, 37, 42*, etc. Il faut absolument que je m'achète une bible.

Il sortit. Hubert referma la porte et ouvrit sa valise pour en retirer son linge et ses vêtements. Il n'avait pas voulu le montrer, mais il était également fâcheusement impressionné par la tristesse de la chambre, que celle du temps n'arrangeait pas le moins du monde. Il s'approcha de la fenêtre à guillotine et regarda dehors. À gauche, séparée de la cour par un mur, la rue luisante de pluie s'incurvait autour de Castle Hill, sorte de promontoire coiffé des ruines d'un vieux château. Droit devant, les eaux sombres et tourmentées de l'estuaire, avec un phare balise peint à la chaux, planté sur un rocher. Un peu à droite, des manèges forains. Plus près, une construction basse, le Café des Pirates, au bord d'un *putting green*. Quelques piétons se hâtaient, ici et là, luttant contre la tempête. De rares voitures circulaient lentement, leurs pneus chuintant sur le macadam trempé. Un grand bateau à roues parut soudain, quittant la gare maritime et se dirigeant vers le large, escorté d'une nuée de mouettes criardes.

Des pas se rapprochaient dans le couloir. Des coups furent frappés à la porte.

— Oui ? dit Hubert.

— Monsieur La Verne, on vous demande au téléphone, annonça la voix du chasseur.

Hubert sortit de la chambre, emportant la clé. Le téléphone était dans une cabine, au bout du couloir, près de l'ascenseur. Hubert s'y rendit et prit l'appareil.

— Allô, j'écoute…

Une voix d'homme, grave et bien timbrée, demanda :

— Monsieur La Verne ?

— Oui.

— Charles Eitzen. Vous avez fait bon voyage ?

— Mieux vaut n'en pas parler, répondit Hubert.

— *C'est l'oncle Joe qui m'a prévenu de votre arrivée.*

— *Je sais. Je vous apporte des nouvelles.*

— Parfait. Je passe vous prendre à l'hôtel dans cinq minutes. Ça va ?

— Ça va très bien, accepta Hubert.

Il raccrocha et revint dans sa chambre, satisfait de constater avec quelle rapidité l'action s'enclenchait. Charles W. Eitzen était lieutenant de vaisseau à bord du *Proteus*, chargé de la sécurité. Il appartenait à l'ONI, le service de renseignement de la marine américaine. On l'avait décrit à Hubert comme un homme de quarante-trois ans, dur, précis, efficace. Il avait été vingt ans plus tôt champion de lutte toutes catégories de l'US Navy.

Hubert termina de ranger ses affaires. Puis il alla trouver Enrique dans la chambre voisine.

— Je vais sortir avec quelqu'un, annonça-t-il. Pendant ce temps, occupez-vous de nous louer une voiture et ramenez-la ici. Achetez-nous aussi des chaussettes de laine, des chandails et, pour chacun, une bonne casquette écossaise. Si nous ne voulons pas attraper la crève, il nous faut prendre quelques précautions.

— *Okay*, dit Enrique. On se retrouve ici ?

— Oui.

Hubert revint dans sa chambre, prendre son imperméable encore humide et descendit à pied, dédaignant l'ascenseur. Il sourit à la jeune femme de la réception qui ne semblait pas insensible à son charme, repéra le bar, le salon pour les résidents, le salon public, la salle à manger.

Une Chevrolet noire, portant une immatriculation de l'US Navy, entra dans la cour. Hubert gagna la porte, vit un officier de marine au volant et sortit. Il ouvrit la portière.

— Lieutenant de vaisseau Charles Eitzen, dit le conducteur.

— Hubert La Verne.

— C'est moi qui vous ai téléphoné, il y a cinq minutes, de la part de l'oncle Joe.

Hubert monta, referma la portière. La Chevrolet repartit, fit demi-tour, regagna la rue, prit la direction des quais. Hubert regardait Eitzen. C'était un splendide gaillard, bâti comme une armoire de haute époque, le teint mat, le cheveu noir, l'œil de velours sombre, le nez aquilin. Des mains comme des battoirs.

— Je m'excuse de vous enlever comme ça, dit-il. Mais c'est encore en voiture que nous serons le plus tranquilles pour bavarder.

— Certainement.

Les essuie-glaces battaient à grande vitesse, sans pour autant réussir à rendre le pare-brise parfaitement clair.

— Est-ce un temps normal pour un mois d'août ? s'enquit Hubert.

— Je n'en sais rien. Je n'étais pas ici l'an dernier. Les gens du pays affirment que non.

Ils passèrent devant la gare maritime, puis devant la station d'autobus et continuèrent sur la route du littoral en direction de Hunter's Quay.

— Je suis content de vous accueillir ici, reprit Eitzen. J'espère que notre collaboration sera fructueuse.

— Je l'espère aussi, répondit Hubert, sincèrement.

— Par quoi commençons-nous ?

— Je vous laisse le choix.

— La situation générale… Elle est simple. Nous savons que les Russes ont installé un réseau autour de Holy Loch. C'est normal et il fallait s'y attendre. Récemment nous avons capté des émissions clandestines de radio, alors qu'un certain nombre de « chalutiers » soviétiques faisaient semblant de pêcher devant l'estuaire de la Clyde, en dehors des eaux territoriales. Les émissions partaient des environs de Holy Loch, nous en sommes certains, mais nos voitures-gonio n'ont pu les localiser. Par ailleurs, certains techniciens employés sur le *Proteus* ont été l'objet d'accrochages plus ou moins nets et nous craignons que quelques-uns ne soient capables de céder à des chantages plus ou moins poussés. Nous surveillons évidemment avec un soin tout particulier les endroits où ces hommes peuvent trouver des filles et nous essayons avec l'aide de la police écossaise de cataloguer ces filles. Mais, cela n'a pas donné grand-chose jusqu'à maintenant… C'est pourquoi je pense que votre idée est excellente. Vous pouvez être le détonateur qui fera sauter tout le bazar.

— Je suis venu pour cela, dit Hubert.

Il écoutait attentivement, sans pour autant cesser d'observer le paysage. À droite, l'estuaire, bordé de temps à autre par d'étroites plages désertes. À gauche, des maisons particulières, des pensions de famille, des petits hôtels, tous séparés de la route par un jardin. Des constructions simples, mais assez coquettes. Une atmosphère de station balnéaire pour petits bourgeois.

— Que savez-vous en ce qui me concerne ? reprit Hubert. Je crois que vous avez reçu une note d'information, mais je ne l'ai pas lue.

— Je sais que vous êtes censé vous appeler Hubert La Verne, quarante ans, originaire de Louisiane, marié, cinq enfants, ingénieur à la General Electric, grand spécialiste des appareils de guidage par inertie employés sur les Polaris. On murmure que vous êtes l'inventeur d'un perfectionnement très important pour ces appareils et que le but de votre voyage à Holy Loch est et doit rester secret. On dit également que vous êtes très attaché à votre famille, catholique pratiquant, mais que vous avez un funeste penchant pour la boisson, encore qu'il soit très difficile de vous soûler.

— C'est exactement ça, approuva Hubert.

— Selon les instructions reçues, j'ai fait « discrètement » diffuser cette « légende » dans le pays. À l'heure qu'il est, le réseau russe est sûrement informé de votre arrivée, à moins qu'il ne soit composé d'incapables, ce dont je doute fort. Ah ! j'avais oublié : depuis un accident de la route dont vous avez été responsable et qui a coûté la vie d'un enfant, vous avez juré de ne plus jamais toucher un volant. En conséquence, vous disposez d'un chauffeur qui vous est bien sûr entièrement dévoué et qui s'appelle, si j'ai bonne mémoire, Enrique Leone.

— Vous avez bonne mémoire.

Ils avaient dépassé Kirn et arrivaient à Hunter's Quay. La route devenait plus étroite et sinueuse. Ils passèrent devant le Royal Marine Hotel et découvrirent ensuite le Holy Loch. Un grand dock flottant était ancré près de l'entrée, plus près de l'autre rive, du côté de Strone Point que surmontait un château d'inspiration renaissance. Ils roulèrent encore quelques centaines de mètres et Charles Eitzen montra le fameux *Proteus*, immobile au centre du loch, entouré de trois autres bateaux-ateliers plus petits.

— Il y a en ce moment deux sous-marins atomiques amarrés de part et d'autre du *Proteus*, indiqua Eitzen, mais nous ne pouvons pas les voir encore, la visibilité est trop mauvaise.

Ils faillirent heurter une camionnette dans un virage serré. Hubert aperçut alors, collée au flanc du *Proteus*, une masse noire, basse, surmontée d'une sorte d'empennage qui ressemblait à la dérive arrière d'un avion.

— Voilà les monstres du Holy Loch ! dit-il.

— Oui, et ils sont bougrement plus dangereux que celui du loch Ness, répliqua Charles Eitzen.

Des vedettes de l'US Navy allaient et venaient dans le loch aux eaux relativement calmes, d'un bateau à l'autre, des bateaux à l'appontement de Sandbank. Des voiliers étaient ancrés au-delà. Hubert releva les yeux pour regarder la ceinture de hautes collines qui cernaient le loch et dont les cimes se perdaient dans les monstrueux nuages noirs qui défilaient rapidement d'ouest en est.

Un taxi les dépassa, bourré de marins américains. Ils atteignirent Sandbank et Charles Eitzen arrêta la Chevrolet près de l'appontement. De l'autre côté de la route, l'US Navy occupait un petit hôtel transformé en bureaux. Devant la porte, un grand Noir en chemise rose discutait en souriant avec deux enfants installés dans une Pontiac beige, avec une femme blanche qui semblait être leur mère.

Un couple d'Anglais attendait l'autobus à la station. À cent mètres plus loin, quelques taxis stationnaient. Hubert mit pied à terre. Le sous-marin atomique était maintenant parfaitement visible, à moins de quatre cents mètres. Des marins coiffés de calots blancs allaient et venaient sur sa coque arrondie comme un corps de baleine.

— Il y en a un autre de l'autre côté, indiqua Eitzen. Vous le verrez tout à l'heure. Nous allons nous rendre à bord. Il faut que je vous présente au Pacha et vous déjeunerez avec nous, au mess des officiers…

2

Everett J. Anderson ouvrit le coffre de sa voiture, une Triumph TR4 rouge, et vit une boîte de carton soigneusement ficelée qui ne s'y trouvait pas auparavant. Il pensa qu'« ils » avaient un certain toupet pour s'être introduits ainsi dans son garage. La villa que Anderson et sa femme avaient louée sur les hauts de Sandbank était relativement isolée et le garage ouvrait sur un chemin encaissé entre deux haies touffues. Tout de même…

Il ouvrit la boîte. Elle était pleine de pièces détachées numéro 72421 B. Il en prit une, l'examina. Elle était apparemment identique aux pièces d'origine qu'il connaissait bien. Mais ces pièces étaient calibrées au millième de millimètre, faites avec un métal d'une très grande pureté et usinées dans certaines conditions de température. Et il suffisait de si peu de chose pour que l'appareil de guidage par inertie des Polaris, dont elles constituaient un des éléments essentiels, ne fonctionne pas correctement…

Anderson remit la pièce dans la boîte et referma celle-ci. Il eut envie d'aller jeter cela n'importe où, puis il se ravisa. Rien ne pressait et il en aurait peut-être besoin comme preuve de ses dires s'il allait raconter toute l'histoire au Pacha… Car il pensait sérieusement à soulager sa conscience, sans souci des conséquences.

Il dissimula la boîte sous un tas de vieux papiers, dans un coin du garage. Puis, il revint vers la maison. La pluie et le vent ne désarmaient pas. Il entra par-derrière, par la porte de la cuisine. La porte lui échappa et claqua violemment. Dans le living-room, Marion Anderson hurla.

— Tu ne peux pas faire attention, non ?

Elle se mit à insulter son mari parce qu'il n'avait pas essuyé ses semelles boueuses. Elle le traita de sale ivrogne, de cochon et employa même d'autres épithètes impossibles à répéter. Marion Anderson était jeune, dix-neuf ans. Elle avait été mince et jolie, mais ses trois années de vie conjugale ne lui avaient pas réussi. Elle avait engraissé, son caractère s'était aigri et son visage, durci. La colère ne l'embellissait pas et Everett J. Anderson s'en aperçut.

— Fous le camp, grogna-t-il, tu es trop laide. Je ne veux plus te voir.

Elle se mit à pousser des cris aigus. Il ne put le supporter et fonça sur elle, main levée. Elle se défendit et ils se battirent pendant quelques minutes comme des chiffonniers. Puis, ils s'arrêtèrent ensemble, pareillement épuisés.

Marion Anderson respirait bruyamment. Échevelée, sa robe déchirée, elle alla remplir un verre d'eau au robinet de l'évier et but avidement. Puis, elle annonça d'une voix sans timbre :

— Cette fois, tu as dépassé la mesure. Je m'en vais et je demande le divorce.

— Tant mieux, répliqua-t-il. Je t'ai assez vue.

Elle quitta la cuisine et il l'entendit monter l'escalier. Il marcha d'un pas mal assuré jusqu'au robinet et se mit la tête dessous. Elle l'avait griffé au visage et cela le brûlait. Il resta un moment sous l'eau froide, puis s'essuya avec un torchon. Il était aussi fatigué que s'il avait couru un cinq mille mètres.

Il passa dans le living-room et prit dans le buffet une bouteille d'Old Crow, achetée au PX du *Proteus*. Il but à même le goulot et se laissa glisser dans un fauteuil.

Il avait bu la moitié de la bouteille lorsque Marion redescendit. Elle avait enfilé un manteau de cuir et caché ses cheveux sous un foulard. Elle portait une valise.

— Tu t'en vas vraiment ? ironisa Anderson.

— Définitivement, répliqua-t-elle.

Elle disparut par la cuisine. Il se leva péniblement, alla décrocher une trompette de cuivre pendue au mur. Il suivit les traces de sa femme et s'arrêta au milieu de la cour, indifférent à la pluie. Marion sortit sa petite Austin Baby en marche arrière, manœuvra pour gagner le chemin. Everett Anderson cria :

— Tu t'en vas vraiment ?

Elle mit le nez à la portière pour hurler :

— Oui.

Alors, Everett Anderson emboucha la trompette et, son visage offert au vent et à la pluie, il se mit à jouer l'hymne protestant : « Et maintenant, remercions tous le Seigneur ! »

Il le joua jusqu'au bout. Puis, trempé, il rentra, posa la trompette sur la table de la cuisine, s'essuya le visage avec son mouchoir. Sa décision était prise : il allait de ce pas trouver le Pacha et tout lui raconter. On le mettrait probablement en prison, mais il s'en moquait.

Il but encore quelques gorgées de bourbon pour achever de se donner du courage, remit son imperméable sur sa veste mouillée, ce qui lui donna beaucoup de mal.

Il sortit de la maison sans fermer la porte et se dirigea vers le garage. Il était de nouveau ivre, ayant bu près d'un demi-litre d'alcool en moins d'un quart d'heure, mais ne sentait plus la fatigue. Il monta dans la Triumph, lança le moteur et fit une marche arrière fulgurante. Puis, il partit. L'idée qu'il était débarrassé de sa femme s'imposa de nouveau dans son esprit et il entonna, à tue-tête, le même cantique d'action de grâces qu'il avait joué à la trompette : « Et maintenant, remercions tous le Seigneur ! »

Il s'engagea dans la rue qui, passant au-dessus du bowling, descend jusqu'à l'appontement. Il vit ainsi la maison des Babins et une joie mauvaise le souleva. Cette garce de Moira ne soupçonnait sûrement pas ce qu'il était en train de mijoter !

Trente secondes plus tard, il arriva trop vite sur la 815 et entra de plein fouet dans un taxi qui venait de charger quelques marins à destination de Dunoon. Il y eut plus de bruit que de mal, mais Everett J. Anderson, le front ouvert par une coupure d'où pissait le sang, se mit à boxer le chauffeur de l'autre véhicule. Deux MP de service à l'appontement intervinrent et tentèrent de le calmer. Il devint fou furieux, les frappa eux aussi. Ils l'assommèrent à coups de matraque, avec leur délicatesse habituelle, constatèrent qu'il puait l'alcool et l'embarquèrent aussitôt sur une vedette pour aller le mettre au frais dans le local disciplinaire du *Proteus*…

*

Hubert Bonisseur de la Bath et Enrique Sagarra déposèrent leurs clés à la réception. La jeune femme brune, à la peau laiteuse et bien en chair, sourit à Hubert.

— Vous avez une sérieuse touche, dit Enrique en français. Si vous voulez que je vous laisse…

Hubert ne répondit pas. Il était en train de lire une notice indiquant que les portes de l'hôtel étaient normalement fermées chaque soir à minuit et que les clients prévoyant de rentrer plus tard devaient s'entendre au préalable avec le gardien de nuit.

— Il est possible que nous rentrions tard, dit-il à la jeune femme.

Elle cessa de sourire. Son visage prit une expression nettement réprobatrice et son opulente poitrine se souleva.

— À quelle heure ? s'enquit-elle. À Dunoon, tout ferme tôt le soir.

— Nous allons à une party chez des amis, répliqua Hubert.

— Bon, je préviendrai le gardien. Surtout, ne faites pas trop de bruit en rentrant. C'est un hôtel convenable ici et nous n'avons que des clients paisibles.

— Nous avons vu, merci, mademoiselle.

Hubert lui sourit, mais elle resta de glace.

— Comment vous appelez-vous ? demanda-t-il.

— Iora, répliqua-t-elle d'un ton pincé.

— C'est un joli prénom et qui vous va très bien, affirma Hubert. Sincèrement, je préférerais passer la soirée avec vous si cela était possible. Hélas, nous avons tous nos obligations.

Elle rougit et resta sans voix. Hubert la gratifia d'un regard caressant, lui souhaita une bonne nuit et rejoignit Enrique près de la sortie.

— Quel baratineur vous faites ! remarqua Enrique.

— Mon cher, répondit Hubert, nous menons vous et moi un genre de vie qui ne nous permet pas d'être mal avec nos logeurs.

— Et encore moins avec nos logeuses, précisa Enrique.

Ils sortirent. Il était à peine dix heures, la pluie venait de s'arrêter et quelques lambeaux de jour éclairaient encore les nuages vers l'ouest. Juste en face, le phare balayait la nuit avec une régularité de métronome. Plus près, des silhouettes s'agitaient en cadence derrière les vitres coloriées du Café des Pirates d'où s'échappait un air de twist. Ils montèrent dans la Ford Zodiac noire qu'Enrique avait louée.

— Où va-t-on ? demanda celui-ci.

— D'abord un petit tour d'information, voir les bars où il y a du monde.

Enrique fit démarrer la voiture. Presque aussitôt, la pluie se remit à tomber et il fallut faire fonctionner les essuie-glaces.

— Quelle saloperie de temps, grogna Enrique.

Il prit à gauche, puis à droite, une rue bordée de hauts murs. Ils passèrent devant une église. Dans une voiture arrêtée en face, un homme et une femme, étroitement enlacés, se cachèrent le visage lorsque les phares de la Ford les éclairèrent.

Plus loin, ils longèrent une école construite en bois puis tournèrent à droite dans une rue en pente. L'enseigne au néon rouge d'un bar retint leur attention. Enrique ralentit.

— Continuez, dit Hubert.

Ils gagnèrent la rue centrale, rejoignirent le quai, repérant tous les bars, revinrent vers la gare maritime près de laquelle se trouvaient le théâtre et une salle de bal qui fonctionnait chaque soir.

— Eh bien, conclut Enrique, c'est pas encore ici que je viendrai finir mes jours. C'est plutôt sinistre.

Les rues désertes et mal éclairées étaient celles d'une petite ville de province. Les consignes de discrétion données aux marins américains semblaient être remarquablement observées, car on n'en voyait aucun dehors.

Ils recommencèrent le même circuit. Hubert fit arrêter la voiture au-dessus de l'Oban Bar, le premier qu'ils avaient vu. La musique, les éclats de voix dénonçaient une certaine agitation. Hubert coiffa la bonne casquette écossaise que lui avait achetée Enrique et mit pied à terre.

Une femme descendait la rue en rasant les murs. Lorsqu'elle s'aperçut qu'Hubert la regardait, elle se glissa dans le renfoncement d'une porte cochère et ne bougea plus. Par curiosité, Hubert marcha vers elle. Mais, avant qu'il ait pu lui adresser la parole, elle lui lança d'un ton agressif :

— Laissez-moi ! Je ne suis pas une putain !

— Je n'ai jamais pensé cela, mentit Hubert. Mais, vous n'êtes pas Anglaise, non plus.

— Je suis une Américaine.

— Comme moi. Et d'après votre accent, vous êtes de la Caroline du Sud.

— Oui…

— Je m'appelle Hubert La Verne et je suis de la Louisiane.

— Mon nom est Marion Anderson, répliqua-t-elle.

Elle était trempée et elle avait visiblement bu.

— Puis-je faire quelque chose pour vous, madame Anderson ? proposa Hubert. J'ai l'impression que vous avez des ennuis.

— J'ai quitté mon mari ce matin, répondit-elle, et j'ai envie de boire pour oublier. Mais, une femme seule, dans les bars…

— Venez avec nous, suggéra Hubert avec l'idée qu'elle ne pouvait pas les gêner dans leur entreprise, au contraire.

— Je veux bien, dit-elle. Vous êtes gentil.

— Je vous présente Enrique Leone, mon chauffeur et garde du corps.

Elle fit un signe de tête. Hubert lui prit le bras et l'entraîna vers l'Oban Bar. Ils furent déçus. L'intérieur était déprimant, la clientèle aussi. Rien que des hommes d'un certain âge, minables, presque tous ivres…

*

Le bal battait son plein. Sur la piste, des couples évoluaient en longues marches rapides, d'un bout à l'autre de la salle, à la mode britannique. Au bar, un jeune enseigne de vaisseau américain observait d'un air dégoûté ce marathon d'un nouveau genre. Son voisin, un homme dans la cinquantaine, aux cheveux blonds gris séparés par une raie à gauche, au visage couperosé orné d'une grosse moustache poivre et sel type RAF, se pencha vers lui.

— Excusez-moi, lieutenant, dit-il, mais vous n'avez pas l'air de vous amuser.

Le jeune officier haussa les épaules.

— Vous avez vu ces bonnes femmes ? répliqua-t-il. C'est à vous dégoûter de l'amour…

Il s'interrompit brusquement, regarda son interlocuteur et reprit vivement :

— Excusez-moi, je ne voulais pas vous vexer. Il y a tout de même de très jolies filles en Écosse…

L'autre se mit à rire.

— Ne vous fatiguez pas, lieutenant. Je ne suis pas écossais, ni même anglais. Mon nom est Kenneth

Andrew Lenihan. J'étais officier dans la marine marchande canadienne. Vous voyez, nous sommes presque collègues.

— Peter Walter Mass, se présenta l'officier. Vous êtes de passage ici ?

— Ma mère était écossaise. Je suis venu l'an dernier pour une affaire de succession et je crois que je suis resté à cause du whisky... Fameux, leur whisky. Permettez-moi de vous en offrir un...

Peter W. Mass accepta. Ils burent ensemble et bavardèrent de choses et d'autres. L'enseigne de vaisseau indiqua qu'il était en service sur le *Proteus*, mais cela ne parut pas intéresser Lenihan outre mesure. Ils en étaient à leur troisième verre et les pommettes de Mass commençaient à se colorer lorsqu'ils virent approcher Marion Anderson qu'encadraient Hubert et Enrique.

— Le grand type, dit Mass, c'est un ponte de la General Electric. Paraît qu'il vient essayer un nouveau perfectionnement du système de guidage par inertie des Polaris. Mais, motus, c'est top-secret. Il a déjeuné au mess ce midi, à côté du Pacha.

— Et les autres ? questionna Lenihan en fermant à demi ses paupières pour dissimuler une soudaine lueur d'intérêt dans son regard.

— La bonne femme, c'est Marion Anderson, la femme d'un ingénieur de chez nous. Le petit brun, je ne le connais pas.

— Marion Anderson, répéta doucement Lenihan.

— Vous connaissez ?

— Je crois avoir rencontré son mari dans un bar quelconque.

— C'est bien possible. Comme ivrogne, il est assez réussi.

— Vous devriez les inviter à boire un verre avec nous. Ils ont l'air de s'embêter.

— Pourquoi pas ? accepta l'enseigne de vaisseau.

Il descendit de son tabouret, maladroitement, et marcha vers Hubert.

— Bonsoir, monsieur, dit-il. Nous nous sommes vus ce midi au mess.

— Je m'en souviens…

— Voulez-vous vous joindre à nous ? Je suis avec un ex-officier de la marine marchande canadienne…

Il avait la voix légèrement pâteuse et butait sur certaines syllabes.

— Volontiers, dit Hubert.

— Bonsoir, Peter, lança la jeune femme.

Il la regarda.

— Excusez-moi. Bonsoir, Marion.

Ils rejoignirent Lenihan. Hubert présenta Enrique. La conversation s'engagea sans difficulté. Lenihan appelait l'officier du *Proteus* « mon vieil ami Mass », mais celui-ci avait déjà trop bu pour s'en formaliser. Ils furent bientôt d'accord pour trouver l'endroit déprimant, puis Lenihan se mit à parler du whisky. Il semblait en savoir beaucoup sur ce sujet. Finalement, il en vint aux alcools de propriétaires que l'on ne trouvait pas dans le commerce, mais dont il possédait certaines bouteilles chez lui.

— Si vous veniez les goûter, proposa-t-il. C'est à deux pas d'ici et il n'est pas tellement tard…

Ils acceptèrent. Marion Anderson était de plus en plus ivre. Elle s'accrochait à Hubert qui l'avait déjà jugée : une femme-enfant, sotte et vaniteuse, méprisant tout ce qui n'était pas américain et plus spécialement tout ce qui était britannique.

Ils reprirent leurs imperméables au vestiaire et quittèrent le bal. Les voitures étaient en bas dans la rue et ils durent parcourir une centaine de mètres sous les rafales de vent chargées de pluie. Marion monta dans la Zodiac ; Mass aussi, qui était venu en taxi, et ils suivirent la voiture de Lenihan, une petite Ford Anglia de couleur jaune.

Kenneth Andrew Lenihan habitait un cottage sur les hauteurs de Dunoon, avec une vue magnifique sur l'estuaire de la Clyde, lorsque le temps était clair, évidemment. Ils y furent en quelques minutes. Ils laissèrent les voitures sur le bas-côté et traversèrent le jardin pour atteindre la maison. Lenihan ouvrit la porte.

— C'est plutôt moche, prévint-il, et le ménage n'est pas fait.

Ils entrèrent. Cela sentait le moisi et le renfermé, et la fumée refroidie. Le living-room était meublé sans goût et le papier des murs aurait eu besoin d'un remplaçant. Il y avait des cendriers pleins partout et des pipes traînaient dans tous les coins. Lenihan s'aperçut soudain de la présence d'Enrique et fronça les sourcils. Hubert s'en rendit compte.

— Enrique ne me quitte jamais, dit-il d'un ton sans réplique.

— Mais, cela ne me dérange pas, protesta faussement Lenihan. Il est le bienvenu.

Il débarrassa quelques sièges, puis sortit des verres d'un buffet.

— Savez-vous que votre mari est en tôle ? demanda Mass à Marion.

Elle sursauta.

— Comment cela ? s'étonna-t-elle.

Lenihan s'était immobilisé, attendant la suite, et Hubert fut un instant surpris de l'intérêt qu'il portait à la chose.

— Il a eu un accident de voiture, répondit Mass. Rien de grave, mais il a boxé l'autre conducteur, puis les MP qui voulaient le calmer. Je crois qu'il avait un peu bu. En tout cas, il est maintenant au frais, en train de cuver son alcool.

— Il est officier ? questionna Lenihan.

— Non, c'est un ingénieur civil. Mais l'Écossais qu'il a boxé peut porter plainte et le Pacha a parfaitement le droit de le tenir enfermé tant qu'il le juge capable de troubler l'ordre public.

— Ça m'est égal, dit péniblement la jeune femme. C'est un salaud et je ne veux plus le voir. Ils feraient bien de le garder en tôle toute sa vie. Il le mérite suffisamment.

Lenihan la regarda.

— Que voulez-vous dire par là, madame Anderson ? Pour mériter la prison à vie, il faut tout de même avoir fait des choses très graves.

Elle prit un air mystérieux et buté.

— Je sais ce que je dis. Everett est un salaud.

Lenihan alla chercher une bouteille de whisky « de chez le propriétaire ». Ils le goûtèrent, donnèrent leurs appréciations. Puis, ce furent d'autres bouteilles, d'origines différentes. Marion Anderson s'endormit dans un fauteuil. Lenihan mit alors la conversation sur les femmes. Peter Mass était très excité. Enrique paraissait abattu et Hubert se tenait très droit sur son siège, affectant de temps à autre quelque difficulté d'élocution.

Lenihan proposa soudain de montrer sa collection de films pornographiques. L'enseigne de vaisseau accepta bruyamment, avec enthousiasme. Enrique ne dit rien. Hubert, qui commençait à s'intéresser sérieusement au personnage de Kenneth Lenihan, assura qu'il aimait ça. De toute façon, que ce soit aux États-Unis ou en Grande-Bretagne, les réunions d'hommes seuls finissent neuf fois sur dix de cette façon-là.

Lenihan se mit à préparer le matériel, en indiquant que ses films n'avaient rien de commun avec ceux que l'on trouve en vente libre dans les magasins de photographie de Londres, portraits en pied des modèles dénudés affichés dans les vitrines. La projection commença, Lenihan ayant fait l'obscurité, et Hubert put constater presque immédiatement que leur hôte ne s'était pas vanté. Il n'y avait qu'une seule actrice, une très jeune fille, jolie, qui semblait à peine pubère, et qui se livrait en compagnie d'un vieux monsieur à des jeux qui n'étaient pas de son âge. Hubert trouvait cela parfaitement choquant, mais il se garda bien de le dire. Il s'aperçut soudain que Lenihan, derrière eux, tripotait fébrilement Marion Anderson toujours endormie.

— Laissez-la tranquille, ordonna-t-il d'un ton sec. Elle nous a fait confiance…

— Je ne lui fais pas de mal, protesta le Canadien.

Hubert se leva, très souple, et regarda Lenihan agenouillé près du fauteuil occupé par la jeune femme.

— Je vous ai dit de la laisser tranquille, reprit-il d'une voix anormalement douce.

Lenihan comprit qu'il ne faisait pas le poids. Il se redressa en jurant et retourna s'occuper de son appareil. Hubert resta debout. Une soudaine colère s'était emparée de lui, qui le rendait agressif. Lenihan, qui s'était ressaisi, proposa soudain :

— Ça vous intéresserait de connaître cette gamine ?

— Pour lui flanquer une fessée, oui, répliqua Hubert.

Il regretta aussitôt son mouvement d'humeur. Si des chantages étaient exercés sur certains techniciens du Squadron 14, une histoire de ce genre pouvait en constituer le départ. Il aurait dû répondre oui et aller jusqu'au bout pour voir de quoi il retournait. Mais, il pensa ensuite que sa « légende » soigneusement répandue par les soins des hommes de Charles Eitzen était à elle seule un appât suffisant et que, logiquement, les agents russes devaient se donner tout le mal nécessaire pour le faire tomber dans leurs filets. Son refus spontané pouvait même le servir, dans ce sens qu'il renforçait son personnage d'honorable père de famille, catholique pratiquant.

Le film se termina. Lenihan ralluma. Peter Mass, le visage coloré, resta silencieux. Enrique bâilla. Lenihan rembobina le film. Personne ne parlait plus. Lenihan proposa enfin :

— Le coup de l'étrier ? J'ai gardé le meilleur pour la fin. Une goutte et vous pourrez aller vous coucher.

Il disparut. Hubert se pencha sur Marion Anderson et lui souleva une paupière avec son pouce pour lui examiner l'œil.

— Elle est soûle, constata-t-il, et nous ne pouvons pas la laisser ici. Qu'est-ce que nous allons en faire ?

— Je sais où elle habite, dit l'enseigne de vaisseau. Je vais la ramener chez elle.

Lenihan revint avec une bouteille poussiéreuse.

— Celui-là, affirma-t-il, vous n'avez jamais rien bu de meilleur…

Il secoua les verres, mit de la glace dedans, les refroidit, jeta la glace et versa religieusement le vieux whisky.

— Goûtez-le pur, conseilla-t-il. Si c'est trop fort, ajoutez un peu d'eau plate, mais pas plus de la moitié…

Ils burent, mais personne ne s'aperçut que Lenihan faisait seulement semblant de boire. Quelques secondes plus tard, Hubert eut l'impression que son cerveau devenait comme du plomb et ses jambes comme du coton. Il éprouva le besoin de s'asseoir. Puis, tout se brouilla devant lui. Il eut à peine le temps de se dire que le whisky était drogué et sombra dans l'inconscience.

Kenneth A. Lenihan reversa dans la bouteille le contenu de son verre et remit le bouchon. Il alla ensuite tapoter du bout des doigts les joues de chacun de ses invités. Ils dormaient tous profondément, Marion autant que les autres bien qu'elle n'eût pas ingurgité de somnifère.

Lenihan consulta sa montre : minuit quinze. Il avait le temps. Mieux valait attendre que les routes soient complètement désertes. Il rangea toutes ses bouteilles, emporta les verres à la cuisine et les lava. Puis, il revint dans le living-room et, sans plus s'occuper des dormeurs, entreprit de passer d'autres films de la même veine que le premier, pour son propre plaisir. Quand il en eut assez, il ramassa tout le matériel et le rangea. Il allait être une heure.

Il fouilla les poches d'Enrique, d'Hubert et de Mass, s'intéressant surtout aux pièces d'identité et autres documents, remit tout en place. Vers une heure dix, il bourra une pipe, l'alluma, se fit chauffer du café. Dehors, la tempête sévissait toujours. La pluie crépitait sur le toit et le vent faisait battre les volets mal ajustés. Lenihan, qui avait des lettres, évoqua *Les Hauts de Hurlevent*. Il but son café, termina sa pipe et décida qu'il pouvait agir.

Il enfila son imperméable, se coiffa d'une casquette, prit dans la poche d'Enrique les clés de la Zodiac, éteignit toutes les lumières et sortit en pestant contre le temps. Il ouvrit le portail en grand, fit entrer sa propre voiture, puis amena l'autre le plus près possible de la porte de la maison. Il fit tout cela sans se presser et avec un minimum de bruit. De toute façon, les plus proches voisins étaient à cent mètres et, même s'ils ne dormaient pas, ils ne pouvaient guère entendre que le vacarme de la tempête.

Lenihan ouvrit la portière arrière de la Zodiac et rentra chez lui sans allumer. Il transporta d'abord Marion, qui était la moins lourde, puis Enrique, enfin Hubert, les entassant tous derrière. Il apporta ensuite leurs imperméables et leurs coiffures qu'il posa sur la banquette avant. Il ferma sa porte à clé, laissant à l'intérieur de la maison l'enseigne de vaisseau Peter Mass. Il ramena doucement la voiture sur la route, descendit pour refermer le portail, reprit le volant et démarra doucement, sans lumières, évitant d'accélérer sur les intermédiaires. Cinq cents mètres plus loin, il alluma les phares. Il avait l'intention de gagner Sandbank par la 885, non seulement parce que c'était le chemin le plus court, mais parce que, passant par l'intérieur, cette route était toujours moins fréquentée que la 815 qui longeait la côte, bordée de nombreuses habitations.

Il mit cinq minutes pour franchir les trois kilomètres et demi. Il éteignit les phares deux cents mètres avant d'arriver puis laissa la voiture rouler au point mort.

La maison des Babins était assez grande, avec un étage et un grand garage accolé. Du garage, qui pouvait contenir deux voitures, on pouvait entrer directement dans la maison sans être obligé de ressortir.

Lenihan, qui possédait un double des clés, ouvrit le garage, fit entrer la Zodiac sans allumer, très lentement, referma les portes et s'éclaira seulement alors avec une lampe de poche. Il franchit la porte de communication et se trouva dans la cuisine. Là, il alluma le plafonnier, éteignit sa lampe, ôta sa casquette et son imperméable qu'il accrocha aux patères fixées derrière le battant.

Il allait entrer dans le living-room lorsque celui-ci s'illumina. Moira Babins était là, vêtue d'une chaude robe de chambre et suivie de Gordon, en pyjama.

— Ah ! c'est vous, David, constata-t-elle.

Dans l'Organisation, Kenneth Lenihan portait le nom de code de « David » et les Babins ne le connaissaient que sous ce pseudonyme. Il regarda Gordon qui tenait en main un automatique de calibre .22 à canon long et pensa qu'il ne s'habituerait jamais à ce petit monstre. Gordon était un nain, haut de 96 cm, avec une tête énorme, de gros yeux globuleux et des mains difformes. Moira Babins le faisait passer pour son fils et prétendait qu'il avait quatorze ans. Gordon avait en réalité trente-huit ans et il était l'amant de Moira depuis bien longtemps. Il remit ostensiblement le cran de sûreté de l'arme et dit d'un ton faussement détaché :

— Vous devriez faire attention, David. Il pourrait m'arriver de vous prendre pour un autre…

Lenihan ne prit même pas la peine de répondre. Il demanda :

— Pearl est là ?

— Bien sûr, répondit Moira Babins. Elle doit dormir.

— J'ai amené des clients, Gordon peut sortir son matériel.

— Des clients ? s'étonna la femme. Où sont-ils.

— Dans leur voiture, dans le garage.

— Vous êtes complètement fou !

— Ils dorment profondément et n'ont aucune chance de se réveiller avant plusieurs heures. Je regrette d'avoir employé ce procédé, mais celui qui m'intéresse plus particulièrement ne semblait guère porté vers les Lolita… Et, nous sommes pressés. Gordon va m'aider à les transporter. Réveillez Pearl.

Il retourna dans le garage, suivi de l'affreux nain qui s'était débarrassé de son automatique en le posant sur un meuble. Ils sortirent Hubert de la Zodiac et le portèrent dans une chambre située au rez-de-chaussée. Puis, ils firent de même avec Enrique, laissant Marion dans la voiture.

La chambre était truquée et permettait de photographier tout ce qui se passait à l'intérieur sans que ses occupants puissent le soupçonner. Mais, en la circonstance, Gordon pouvait opérer sans se cacher. Il prépara son appareil, un reflex 6 × 6 d'excellente marque, puis aida Lenihan à dévêtir les deux hommes.

Ils saccagèrent le lit, installèrent Hubert et Enrique complètement nus. Pearl arriva.

Elle était blonde, très jolie, très enfant et paraissait à peine quatorze ans, alors qu'elle en avait en réalité dix-huit. Elle était la fille de Moira, mais sans aucun lien de parenté avec Gordon, bien que le même nom figurât sur leurs cartes d'identité. Elle dit bonjour à David, puis, sans gêne aucune, ôta sa chemise de nuit et rejoignit les deux hommes inanimés sur le lit.

— N'oubliez pas qu'il est important de pouvoir les reconnaître, rappela Lenihan.

— Ne vous en faites pas pour cela, répliqua Gordon.

Et il commença de donner ses instructions à Pearl qui, docilement, prit les positions qui lui étaient indiquées… Lenihan aurait aimé voir cela jusqu'au bout, mais il avait encore un certain travail à faire et il voulait garder la tête froide. À regret, il prit congé.

Gordon continuait imperturbablement à prendre des clichés, tous différents. Puis, il décida que c'était assez et alla se pencher sur la jeune fille comme pour lui indiquer un dernier mouvement. Il lui plaqua brusquement la main sur la bouche et se laissa tomber sur elle.

Elle essaya de le repousser, de toutes ses forces. Sans prévenir, Moira Babins entra.

– Je suis là pour ça, Gordon, dit-elle d'une voix étranglée.

Il se redressa. Pearl sauta hors du lit, saisit au vol sa chemise de nuit et se sauva, les laissant seuls. Elle entendit sa mère refermer la porte de la chambre…

*

Kenneth Lenihan, penché sur le volant pour mieux voir la route à travers le pare-brise que balayaient rageusement les essuie-glaces, était assez content de lui. Il pensait à la tête que ferait l'honorable ingénieur Hubert La Verne, père de cinq enfants, catholique pratiquant, lorsqu'on lui montrerait des photographies le représentant tout nu sur un lit, en compagnie de son chauffeur et d'une nymphette également nus, dans des positions qui ne pourraient laisser le moindre doute quant aux activités auxquelles s'était livré l'étrange trio. Deux éventualités : ou bien La Verne se suiciderait, ce qui était peu probable puisqu'il était croyant, ou bien il accepterait tout ce qu'on lui demanderait pour éviter le scandale et le déshonneur. Lenihan se plaisait à imaginer que cette dernière solution interviendrait sans complications inutiles.

D'un côté, Lenihan était donc satisfait, mais d'un autre il l'était beaucoup moins. L'accident provoqué par Everett Anderson et sa mise en prison le préoccupaient grandement. Il se demandait ce qu'avait bien pu devenir le paquet contenant les fausses pièces détachées.

Il arrêta la Zodiac dans le chemin encaissé, puis s'aperçut que les barrières étaient restées ouvertes et redémarra pour entrer dans la cour. Il trouva les clés de la maison dans une poche du manteau de la jeune femme et descendit. Mais la porte de derrière était grande ouverte. Il entra, un peu méfiant, s'éclairant avec sa lampe de poche. Puis, la maison lui paraissant vide, il revint chercher Marion Anderson et la porta sur son épaule jusque dans la chambre principale, au premier étage. Il enfila une paire de gants prise dans une poche de son vêtement de pluie et ferma les volets. Ses chaussures étaient humides et il avait froid. Il éternua.

Il avait allumé une lampe de chevet. Marion Anderson parlait et il se pencha pour écouter…

— Le salaud… toute sa vie en prison… toute sa vie…

Elle se retourna sur le ventre et ne dit plus rien. Lenihan était perplexe. Savait-elle quelque chose de la trahison de son mari et avait-elle l'intention de le dénoncer ? Il n'était guère possible de l'interroger dans l'état où elle se trouvait.

Il revint à sa préoccupation première : la boîte contenant les fausses pièces détachées. De deux choses l'une, ou bien Anderson l'avait laissée dans le coffre de la voiture, maintenant accidentée, et il fallait retrouver celle-ci au plus vite en souhaitant que personne n'ait ouvert la boîte ; ou bien, il l'avait retirée et cachée quelque part.

Dans le garage, dans la maison ? À la place d'Anderson, Lenihan l'aurait dissimulée dans le garage, où les risques étaient moindres de la voir découverte par Marion.

Il sortit de la maison. La pluie crépitait sur les tôles de la Zodiac. Il courut jusqu'au garage, dont les portes étaient grandes ouvertes et s'y enferma avant de rallumer sa lampe. Il y a des gens qui se lèvent la nuit, pour une raison ou pour une autre, et qui aiment jeter un coup d'œil à l'extérieur…

Il ne lui fallut guère plus de trois minutes pour découvrir la boîte sous le tas de chiffons. Il s'assura de son contenu et poussa un grand soupir de soulagement. Il ne restait plus que le problème Marion à régler.

Il quitta le garage, déposa la boîte dans la Zodiac, dont il retira le manteau et le foulard de Marion Anderson, restés sur la banquette avant. Il revint dans la maison, se débarrassa des vêtements sur un fauteuil et monta de nouveau à l'étage. Marion Anderson n'était plus sur le lit. Il y avait de la lumière dans la salle de bains. Lenihan approcha et l'entendit vomir et se plaindre. Il attendit, agitant ses doigts de pieds glacés dans ses chaussures humides. Il y eut un bruit d'eau. Puis, Marion Anderson apparut dans le cadre de la porte. Elle était livide, hagarde, et Lenihan ne put retenir une moue de dégoût.

— Vous… Vous êtes là ? s'étonna-t-elle.

— C'est moi qui vous ai ramenée, dit-il. Vos amis vous avaient laissée tomber…

Elle grogna quelque chose d'indistinct et marcha en titubant vers le lit. Elle s'y laissa tomber. Sa robe était souillée devant. Elle se prit la tête dans les mains.

— Qu'est-ce que je suis malade ! gémit-elle.

— C'est dommage que votre mari ne soit pas là, répliqua-t-il pour la relancer sur le sujet qui l'intéressait.

— Non… C'est un salaud… Je veux divorcer… Savez-vous ? Quand je suis… partie, il a joué… « Et maintenant, remercions tous le Seigneur »… À la trompette… À la trompette… Jamais je ne lui pardonnerai ça… Jamais…

Elle souffla un peu, puis enchaîna :

— Je vais aller à la police et tout… tout leur dire. Tout…

— Qu'est-ce que vous allez dire à la police, madame Anderson ?

— Tout.

— Racontez-moi, je peux sûrement vous aider…

— Tout… Je sais des choses… Il sait pas que je sais… Mais, je sais… Tout.

— Quoi, madame Anderson ?

— Je le dirai aux inspecteurs, pas à vous. Je ne vous connais pas. Allez-vous-en, laissez-moi…

Kenneth Lenihan soupira. Il était convaincu que Anderson avait commis des imprudences, ou bien qu'il s'était confié à sa femme. Elle représentait donc un danger pour le réseau et la règle du jeu voulait que ce danger fût oblitéré.

Brutalement, Lenihan porta ses mains gantées autour du cou de la jeune femme et serra. Elle ouvrit démesurément la bouche et ses yeux semblèrent sur le point de jaillir des orbites. Son regard exprima une terreur folle. Elle essaya de desserrer l'étau mortel, ses ongles s'enfoncèrent dans les poignets de son agresseur, qui relâcha son étreinte avec l'intention d'assommer sa victime pour l'étrangler ensuite plus tranquillement.

Elle profita de la seconde de répit pour crier :

— Je vais vous dire…

Lenihan retint son poing levé. Épouvantée, ses doigts massant sa gorge meurtrie, Marion Anderson parla très vite :

— Un jour, je l'ai vu dans le garage avec une gamine de dix ans… La gamine n'a rien dit, mais si on l'interroge elle parlera. C'est sûr. Il a déjà eu des histoires comme ça. Cette fois, ça va lui coûter cher...

– C'est tout ? questionna Lenihan.

Elle parut étonnée.

– Vous trouvez que ça ne suffit pas ?

Il avait besoin de savoir et il donna un dernier coup de sonde.

– Il n'y aurait pas une histoire d'espionnage ? Les gens comme votre mari sont des proies faciles pour certains chantages.

– Je ne sais pas, répliqua-t-elle. Vraiment, je n'ai jamais pensé à cela... Vous croyez que...

Elle paraissait sincère. Il avait fait fausse route, mais maintenant la curiosité de la jeune femme était éveillée. Elle pourrait parler de lui à la police et il ne lui était pas possible de courir un tel risque.

– Oh ! ma tête ! gémit-elle.

Elle mit les doigts à ses tempes et ferma les yeux. Lenihan leva sa main tendue et lui porta un *atemi* sous la base du nez. Elle se raidit, puis tous ses muscles se relâchèrent. Il lui couvrit le visage avec un oreiller et pesa dessus pendant trois longues minutes.

Il constata ensuite qu'elle était morte. Mais, c'était l'*atemi* qui l'avait tuée, car elle ne présentait pas de symptômes d'asphyxie.

Il s'assura qu'il ne laissait aucune trace de son passage. Il avait mis ses gants dès le début et n'avait rien touché avec ses doigts. Il n'y aurait que les empreintes de ses chaussures dans la boue de la cour et dans la maison... Dans la cour, également, les empreintes des pneus de la Zodiac... la Zodiac qui était la voiture de l'ingénieur Hubert La Verne.

Kenneth Lenihan se mit à jurer. Marion avait été vue en compagnie de l'ingénieur au bal de Dunoon et probablement dans les différents bars qu'ils avaient visités avant. Les policiers l'apprendraient sûrement. Si les traces de pneus venaient s'ajouter à cela, l'ingénieur deviendrait le suspect numéro un et il fallait absolument l'éviter. Car, s'il allait en prison sous l'inculpation de meurtre, il serait du même coup perdu pour l'Organisation.

Lenihan se mit à réfléchir. Mais, de quelque côté qu'il retournât le problème, il y avait toujours un ennui. La solution était évidemment de transporter le corps jusqu'à Dunoon et de l'abandonner dans un coin quelconque, afin qu'il n'y ait pas d'investigations trop poussées au domicile des Anderson. Mais il faudrait alors convaincre l'ingénieur, son chauffeur et l'enseigne de vaisseau, de déclarer à la police que Marion les avait quittés à la sortie du bal.

Ils accepteraient peut-être, mais ils en viendraient automatiquement à soupçonner Lenihan d'être l'auteur du crime et personne ne pouvait savoir quelles seraient alors leurs réactions.

Lenihan se frappa soudain le front. Était-il bête de n'y avoir pas pensé plus tôt ! Il suffisait de faire disparaître le cadavre. Sans cadavre, pas de crime. Tout le monde penserait que Marion Anderson avait fait une fugue…

De toute façon, l'essentiel était de gagner du temps. Lenihan prit le corps de sa victime dans ses bras et le descendit. Dans le living-room, il lui remit son imperméable et renoua le foulard sur la tête. Puis, il porta la morte dans le coffre à bagages de la Zodiac.

Il revint dans la maison, éteignit les lumières et sortit en refermant la porte à clé. Il replaça les clés dans une des poches du manteau de Marion Anderson et laissa retomber le couvercle de la malle.

Il pleuvait toujours, mais le vent s'était un peu calmé. Kenneth Lenihan prit le volant de la Zodiac et lança le moteur.

3

Le capitaine de vaisseau Dean L. Beswick, dit « le Pacha » et commandant le *Proteus*, considérait avec un mépris écrasant l'ingénieur Everett J. Anderson qui se tenait debout devant lui, le visage griffé, le front barré d'un pansement adhésif.

— Je vous ai convoqué, dit-il sèchement, pour vous annoncer que j'ai décidé de mettre fin à votre détachement ici. J'ai fait demander à Sperry & Autonetics de nous envoyer un autre ingénieur de la même qualification. Dès que votre remplaçant sera là, vous regagnerez les États-Unis. J'espère que Sperry & Autonetics mettront fin à votre contrat. Si vous apparteniez à l'US Navy, je vous en ferais personnellement chasser.

Everett Anderson était devenu très pâle. Il était arrivé devant le Pacha avec l'intention de soulager sa conscience. Il essaya de parler.

— Excusez-moi, mon commandant, j'ai quelque chose à…

— Rien du tout, l'interrompit le Pacha. Je ne veux rien entendre. Sachez seulement que mon attitude envers vous n'est pas seulement justifiée par l'incident d'hier, ni par votre ivrognerie. Il y a des choses plus graves à vous reprocher, des histoires de mœurs pour lesquelles je n'ai malheureusement pas de preuves, les parents refusant de porter plainte pour ne pas compromettre l'avenir des enfants. Vous êtes la honte d'un pays comme le nôtre, Anderson. Allez chez vous, vous laver et vous changer et soyez au travail après le déjeuner. Sortez.

Le visage d'Anderson s'était coloré jusqu'à devenir cramoisi. Il fut sur le point de répliquer, mais il se contint et quitta la pièce sans dire un mot, se contentant de claquer la porte avec violence derrière lui, à la grande surprise du planton de service. Il gagna la coupée et se fit conduire à terre par une vedette. Il tremblait de rage et n'arrêtait pas de jurer entre ses dents. La honte de son pays, il était la honte de son pays. C'était le Pacha lui-même qui l'avait dit. Eh bien, puisque son pays le rejetait, il n'avait plus à s'en faire pour son pays. Un pays de cons, qui ne savait pas reconnaître les vraies valeurs, ne méritait pas que l'on se sacrifie pour lui.

Sa Triumph accidentée avait été tirée sur le bas-côté, près de l'appontement. Sans même y jeter un coup d'œil, il appela un taxi pour se faire conduire chez lui.

Il alla directement au garage et ne put que constater la disparition de la boîte de fausses pièces détachées. Il en fut très effrayé, puis il se rassura, se disant que si la boîte avait été entre les mains des services de sécurité de la base, ou de la police britannique, on ne l'aurait pas relâché, bien au contraire. Les « autres » avaient dû être informés de son accident et ils étaient venus récupérer les pièces par mesure de prudence. C'était sûrement cela.

Il entra dans la maison, sans s'étonner de trouver la porte fermée à clé, car il avait complètement oublié qu'il était parti la veille sans la fermer. Il éprouva tout de même une certaine surprise en découvrant des vomissures dans la salle de bains, mais il crut en être responsable et nettoya sans chercher plus loin. Sa colère contre le Pacha et contre ses compatriotes en général ne cessait de croître. Il fit une toilette sommaire, se rasa, changea de linge et de costume.

Puis il descendit dans la cuisine et but quelques gorgées de bourbon, ce qui ne fit qu'augmenter son ressentiment. Il décida soudain de prendre le taureau par les cornes et d'aller trouver Moira Babins chez elle pour lui faire savoir qu'il était disposé à faire tout ce qu'on lui demanderait et notamment l'échange des pièces détachées numéro 72421 B.

La maison des Babins n'était pas très éloignée de la sienne et il pouvait y aller à pied. Il enfila un imperméable et sortit. La pluie s'était arrêtée, mais le ciel restait couvert et menaçant et le vent, glacial.

*

Hubert Bonisseur de la Bath avait repris conscience depuis quelques instants déjà. Il bougea et se rendit compte qu'il n'était pas seul dans le lit. Sa main droite partit en reconnaissance, toucha une peau douce et tiède, une cuisse mince, un ventre plat, étroit, des seins petits et durs. Il ouvrit les yeux et vit près de lui une très jeune fille, avec un visage pur et lisse. L'image même de l'innocence.

Il retira sa main, le souffle coupé.

— Qui êtes-vous ? demanda-t-il.

— Mon nom est Pearl, répondit-elle. Et vous ?

— Qu'est-ce que vous faites ici ?

Elle haussa les sourcils, étonnée.

— Ici ? Mais, je suis chez moi.

Hubert fit une affreuse grimace, regarda autour de lui le décor de cette chambre inconnue, mal éclairée par un jour gris que filtraient les volets fermés. Il avait la bouche pâteuse et un peu mal à la tête.

— Et… qu'est-ce que je fais chez vous ? s'enquit-il.

Elle accentua son sourire.

— Vous avez dormi avec moi.

— J'ai dormi avec vous…

Elle baissa les paupières, pudique.

— Enfin… dormi… pas tout le temps.

— Je vois, dit Hubert. Quel âge avez-vous ?

— Quatorze ans, mentit la jeune fille. Pourquoi ?

Hubert se sentit blêmir.

— Elle demande pourquoi ! soupira-t-il.

Ils se regardèrent un instant sans rien dire.

— Expliquez-moi, reprit-il, comment je suis venu ici.

Elle rit.

— Vous avez vraiment oublié ?… Vous êtes venu en voiture, avec votre chauffeur. C'est mon frère qui vous a amenés.

— Votre frère ?

— Oui, Gordon.

— Et… mon chauffeur ? Où est-il ?

— Je crois qu'il a dormi à côté.

Elle fit un mouvement de menton vers la porte. Hubert repoussa les draps et se leva. Il était complètement nu et, instinctivement, il essaya de cacher l'essentiel. Puis, il pensa que c'était ridicule. Ses vêtements étaient éparpillés à travers la pièce, comme s'il les avait enlevés à la hâte en les jetant n'importe où. Il retrouva son slip, puis son pantalon, les enfila et entrouvrit la porte.

Il y avait un certain nombre de bouteilles vides et de verres sur la table. De l'autre côté, recroquevillé sur un canapé et mal enveloppé dans une couverture dont ses pieds nus dépassaient, Enrique ronflait. Ses vêtements étaient entassés par terre, à proximité. Hubert marcha jusqu'à lui et le secoua sans ménagement. Enrique grogna, puis se dressa brusquement assis.

— Qu'est-ce… Qu'est-ce que c'est ? cria-t-il.

— J'aimerais bien le savoir, répondit Hubert. Habillez-vous en vitesse, on essaiera de comprendre plus tard.

Il retourna lui-même dans la chambre. Pearl Babins s'était levée et enfilait un peignoir.

— Ce qu'il fait froid, dit-elle.

— Quelle heure est-il ?

— Votre montre est sur la table de nuit.

Il alla y jeter un coup d'œil : dix heures vingt. La jeune fille sortit de la chambre. Il l'entendit saluer Enrique qui répondit d'un ton bizarre. Il s'habilla rapidement, essayant de rassembler ses souvenirs. Il se souvenait de la soirée chez Lenihan, du film, des whiskies, de l'enseigne de vaisseau, de Marion Anderson… Rien de plus.

Il ne lui était jamais arrivé d'être ivre au point de perdre la notion de ce qu'il faisait et il pouvait boire beaucoup plus qu'il n'avait bu la veille avant d'éprouver les premiers symptômes de l'ivresse, ce qui était pour lui une limite qu'il ne dépassait jamais. Donc, il s'était passé quelque chose d'anormal et on avait dû les droguer, Enrique et lui.

Il avait bien envie de mettre la jeune fille sur le gril jusqu'à lui faire cracher la vérité ; mais il se souvint à propos qu'il n'était pas Hubert Bonisseur de la Bath, du service Action de la CIA, mais Hubert La Verne, ingénieur électronicien, honorable père de famille, etc. Il devait donc se conduire comme se serait conduit

Hubert La Verne dans un cas semblable, s'il avait existé.

Habillé, il rejoignit Enrique qui était en difficulté avec les lacets d'un de ses souliers.

— Dépêchez-vous, dit-il.

À cet instant précis, quelqu'un entra dans le living-room, venant de l'extérieur. Un nain affreux, l'air cauteleux, qui se mit à se frotter les mains après avoir refermé la porte.

— J'espère que vous êtes contents de votre nuit, dit-il d'une voix suave.

— Qui êtes-vous ? demanda Hubert.

— Gordon, le frère de Pearl. Vous ne vous souvenez pas de moi ? Il est vrai que vous teniez une fameuse cuite…

Il approcha. Hubert s'était composé une mine à la fois angoissée et terriblement ennuyée.

— Vous me devez vingt-quatre livres et six shillings, reprit Gordon.

— Pardon ? fit Hubert.

— Vingt-quatre livres et six shillings, répéta doucement le nain. Dix livres chacun pour Pearl et le reste pour le whisky que vous avez bu.

Il montra les verres et les bouteilles vides sur la table. En d'autres circonstances, Hubert l'eût payé avec quelques paires de gifles et un coup de pied quelque part. Mais, il était Hubert La Verne, un honorable père de famille, qui devait normalement craindre le scandale plus que tout. Il sortit son portefeuille, prit cinq billets de cinq livres et les tendit au nain qui vint les chercher.

— Il vaut mieux que vous partiez maintenant, dit celui-ci. Maman va rentrer bientôt. Elle était cette nuit à Glasgow. Et elle n'a pas besoin de savoir…

Il eut un rire déplaisant. Hubert demanda d'une voix volontairement mal assurée :

— Où est notre voiture ?

— Dans le garage. Il valait mieux la rentrer, pour éviter aux voisins de se poser des questions…

— Par où passe-t-on ?

— Je vais vous conduire… Vous ne voulez pas dire au revoir à Pearl ?

— Non, répliqua vivement Hubert. Je… je ne comprends pas ce qui est arrivé.

Gordon haussa les sourcils pour exprimer un vif étonnement.

— Ce qui s'est passé ? Vous aviez simplement bu comme des cochons et vous avez voulu vous taper une fille. Je me suis trouvé juste à point sur votre route et voilà. C'est tout simple.

— En effet…

— Venez, par ici.

Ils le suivirent. Ils étaient dans la cuisine lorsqu'une sonnerie se déclencha. Gordon jura, s'immobilisa.

— Restez ici, dit-il, ne vous montrez pas.

Il retourna sur ses pas, tira la porte derrière lui. Mais, celle-ci, mal enclenchée, se rouvrit de quelques centimètres. Hubert approcha et risqua un œil dans l'entrebâillement.

— Qui est là ? demanda Gordon.

— Anderson.

Silence. Gordon reprit :

— Qu'est-ce que vous voulez ?

— Je veux voir Moira Babins. Ouvrez.

— Maman n'est pas là et elle nous a défendu d'ouvrir.

— Vous allez ouvrir, sale avorton, ou je casse la baraque !

— Un instant. Ne criez pas comme ça !

Gordon ouvrit. Hubert vit entrer Anderson et reconnut l'homme qui avait voyagé avec eux, la veille, entre Glasgow et Dunoon.

— Asseyez-vous, reprit le nain en refermant. Ma mère ne va pas tarder.

Hubert recula. Gordon revint, repoussa la porte qui refusa encore de se bloquer. Un doigt sur les lèvres, il traversa la cuisine, ouvrit une autre porte, celle qui communiquait avec le garage. Hubert et Enrique le suivirent. La Ford Zodiac était là, dégoûtante, boueuse, encore trempée, comme si l'on venait de s'en servir. Ils retrouvèrent leurs imperméables et leurs casquettes sur la banquette avant. Gordon ouvrit les portes. Il pleuvait toujours. Hubert et Enrique montèrent dans la voiture. Ce dernier au volant. Le moteur se mit à tourner. La voiture recula lentement. Au passage, le nain lança :

— Si vous êtes pris d'un revenez-y, on ne sait jamais, vous connaissez la maison et les prix…

Hubert ne répondit pas. Enrique manœuvra pour repartir en marche avant. Il remonta la glace de son côté, fit fonctionner les essuie-glaces.

— Qu'est-ce que vous pensez de cette histoire ? grogna-t-il.

— D'abord une question, répliqua Hubert. Vous rappelez-vous nous avoir amenés ici ?

— Absolument pas.

— Et du nain.

— Je ne l'avais jamais vu avant ce matin.

— Vous est-il déjà arrivé de vous soûler au point de ne plus vous rappeler le lendemain ce que vous avez fait ?

— Jamais. Je peux oublier des détails, mais pas l'essentiel.

— Alors, c'est un coup monté, conclut Hubert, et nous n'allons sûrement pas tarder à connaître la suite…

— Dites-moi, s'enquit Enrique, comment s'appelait la fille qui était avec nous hier soir ?

— Marion Anderson.

— Comme le gars qui vient d'arriver…

— J'avais fait le rapprochement, dit Hubert. Et ce type, nous l'avons déjà vu hier matin. Il était dans le train, entre Glasgow et Gourock et il a pris le steamer avec nous jusqu'à Dunoon. Souvenez-vous : il a failli se casser la figure en montant, sur la passerelle, et vous l'avez rattrapé.

— Je me souviens. J'ai pensé qu'il était soûl… Au fait, où va-t-on ?

— À l'hôtel, faire un brin de toilette et se changer.

Ils arrivaient sur la 885. Enrique vit un panneau indiquant Dunoon et prit cette direction.

— Quelqu'un a fait du chemin cette nuit avec cette voiture, annonça-t-il. Je me souviens du kilométrage qu'il y avait au compteur quand je l'ai prise au garage. Il est d'ailleurs marqué sur la feuille de location. Et je sais à peu près ce qu'on a fait hier, trois fois rien. Il y a au moins trente kilomètres de plus…

Hubert ne fit aucun commentaire. Il était certain maintenant que l'adversaire avait déclenché son attaque et pensait que la seule chose à faire était d'attendre la suite. Enrique donna un coup d'avertisseur pour doubler une camionnette, puis questionna :

— Vous croyez que cet Anderson pourrait être le mari de la fille d'hier soir ?

— Je ne crois rien du tout.

— L'enseigne de vaisseau disait qu'il était en taule…

Hubert resta silencieux. Il n'avait pas envie de parler. Ils atteignirent rapidement Dunoon. Enrique, qui voulait sans doute se venger du long mutisme qu'il avait observé la veille chez Lenihan, reprit :

— Vous croyez qu'on a vraiment fait ça avec cette gamine ?

— Ça m'étonnerait beaucoup, répliqua Hubert. Je n'ai pas l'habitude de faire ça en dormant, ni de dormir en faisant ça.

— Moi non plus.

Ils traversèrent la ville. Le centre commercial était assez animé malgré la pluie. Beau temps ou mauvais temps, il faut bien manger.

Enrique rangea enfin la voiture dans la cour de l'hôtel. Iora, la jeune femme de la réception, les regarda entrer avec un air dur et chargé de mépris. Hubert alla prendre les clés.

— Notre partie s'est un peu prolongée, dit-il, et nos amis nous ont retenus à coucher.

Elle ne répondit pas.

— J'ai l'impression, dit Enrique en suivant Hubert dans l'ascenseur, que vos actions sont en baisse…

— Alors, c'est le moment d'acheter.

— Vous croyez ?

*

Moira Babins regarda Everett Anderson et plus spécialement les traces de griffures sur son visage et le pansement d'albuplast qui lui barrait le front.

— Je vous avais interdit de revenir ici, dit-elle d'une voix basse et mauvaise.

Everett Anderson alluma une cigarette. Ses mains tremblaient. Il jeta l'allumette.

— Il fallait que je vienne. Il n'y avait pas d'autre moyen. J'ai eu un accident de voiture et on m'a transporté à l'infirmerie…

— À l'infirmerie ? ironisa la femme.

Anderson fronça les sourcils et rougit. Il continua néanmoins.

— Quand je suis rentré à la maison ce matin, la boîte avait disparu. Je l'avais cachée dans le garage et…

— « Ils » l'ont reprise.

— Je m'en suis douté. Il faut me la redonner. J'ai décidé de faire ce que vous m'avez demandé.

— Ce n'est pas moi qui l'ai, mais je vais « les » prévenir. Maintenant, allez-vous-en. Et ne remettez plus jamais les pieds ici.

— Il faut vous dépêcher, reprit-il. J'ai appris ce matin que l'on me foutait à la porte. Mon remplaçant peut arriver d'un jour à l'autre…

Elle resta un moment silencieuse, à l'observer.

— Pourquoi ?

Il haussa les épaules. Son regard dévia.

— Je n'en sais rien. Je ne me suis jamais entendu avec le Pacha. Il a pris prétexte de mon accident d'hier…

— Allez-vous-en, répéta-t-elle.

*

La pendule électrique accrochée à la cloison derrière le lieutenant de vaisseau Charles Eitzen indiquait trois heures et cinq minutes. Hubert, qui venait d'arriver, se laissa glisser dans un fauteuil.

— J'ai l'impression que c'est parti, dit-il. Ou alors, je n'y connais rien…

Des pas résonnèrent dans la coursive.

— C'est Mass, annonça Eitzen.

L'enseigne entra, repoussa la porte. Il était pâle et de larges cernes soulignaient ses yeux injectés de sang.

— *Hi!* fit-il à l'intention d'Hubert qui répondit d'un léger signe de tête.

— Toujours mal aux cheveux ? s'enquit Eitzen.

Mass se serra les tempes entre ses poings serrés.

— C'est pas croyable, assura-t-il. Jamais pris une cuite pareille de ma vie.

Charles Eitzen regarda Hubert qui demandait :

— Comment ça s'est passé pour vous ? J'ai l'impression que nous nous sommes perdus à un moment quelconque…

— C'est vous qui m'avez plaqué, reprocha Mass. Ce matin je me suis réveillé dans un fauteuil, chez ce Lenihan, avec une gueule de bois gratinée. Lenihan, lui, était encore pire que moi. Il roupillait par terre, sur le tapis.

— Et la fille, Marion Anderson ?

Mass eut un pâle sourire.

— C'est beau, la discrétion, apprécia-t-il.

— Qu'est-ce que vous voulez dire ?

Un peu embarrassé, Mass répondit :

— Ben… Lenihan m'a dit que vous l'aviez embarquée, avec votre chauffeur, et que vous aviez visiblement envie de vous l'envoyer.

— Il vous a dit ça ?

— Oui. Ça n'est pas vrai ?

— Je ne sais pas, fit Hubert.

Mass le regarda curieusement. Hubert se toucha le lobe de l'oreille gauche, ce qui était un signe convenu entre Charles Eitzen et lui. L'officier de sécurité se leva.

— Je vous remercie d'être venu, Peter, dit-il. Je ne veux pas vous retenir plus longtemps.

Le jeune enseigne examina ses interlocuteurs à tour de rôle, l'air préoccupé.

— Quelque chose qui ne va pas ? demanda-t-il.

— Mais non, répliqua Charles Eitzen. Tout va très bien. À tout à l'heure, Peter.

Mass sortit, visiblement déconcerté. Charles Eitzen referma la porte et revint à son bureau.

— Je le connais, reprit-il, ce n'est pas un menteur. Ainsi, Lenihan ne serait pas dans le coup.

— Doucement, intervint Hubert. N'importe qui peut faire semblant de dormir sur un tapis…

Eitzen alluma une cigarette.

— Évidemment… Si j'ai bien compris, à un certain moment, vous avez perdu la notion des choses. Votre chauffeur aussi. Ce matin, vous vous êtes réveillé dans un lit inconnu à côté d'une très jeune fille. Entre le living-room de Lenihan et le lit de la pucelle, un trou complet.

— Enrique et moi avons l'impression d'avoir été drogués.

— C'est vraisemblable.

On frappait à la porte. Eitzen cria d'entrer. Un marin vint déposer une chemise de carton sur le bureau, salua et repartit. Eitzen ouvrit le dossier, en sortit une photographie et la tendit à Hubert :

— C'est ça ?

Hubert regarda le portrait d'Everett Anderson.

— C'est bien ça, avec le sparadrap en moins.

— Eh bien, il s'agit maintenant de savoir ce qu'Anderson allait faire chez ces gens-là. Si je vous dis qu'il a déjà eu plusieurs affaires de mœurs, toutes avec des mineures, cela éclairera peut-être votre lanterne…

— Anderson est-il un type important ?

— C'est un ingénieur de Sperry & Autonetics. Il travaille au Sin House, à l'entretien des systèmes de guidage par inertie.

— Au Sin House[1] ?

— C'est un jeu de mots. « Sin » pour SIN, Submarine Inertial Navigation.

— Compris, dit Hubert. Il est donc assez important pour intéresser un réseau de sabotage et assez vulnérable pour être l'objet d'un chantage…

— Certainement. Vous pensez qu'il serait bon de le mettre sur le gril ?

— Pas encore. Mais…

Le téléphone sonna.

— Excusez-moi, dit Eitzen.

Il décrocha.

— Allô, Eitzen à l'appareil…

Il écouta pendant une longue minute, remercia puis raccrocha.

— Mes hommes ont retrouvé la trace de Marion Anderson, annonça-t-il. Enfin, jusqu'à la nuit dernière… Hier, au début de l'après-midi, elle a loué une chambre dans un hôtel de Dunoon. Elle est sortie hier soir, à pied, laissant sa voiture, et n'a pas reparu depuis. On l'a vue dans différents bars, avant minuit, en compagnie de deux hommes : vous et votre chauffeur, je suppose, et au bal, d'où elle est repartie avec quatre hommes. Depuis, plus rien. Elle n'est pas chez elle, et, à l'hôtel, on ne l'a pas revue. Sa voiture y est toujours.

— Je commence à être inquiet, dit Hubert. Poursuivez les recherches, dans un rayon d'une quinzaine de kilomètres autour de Dunoon. Il y avait ce matin trente kilomètres de trop au compteur de notre voiture…

1. Terme d'argot américain pour désigner une maison close.

— Elle a pu prendre un bateau.

— Bien sûr. Faites surveiller aussi Everett Anderson. Il ne faut plus qu'il puisse bouger le petit doigt sans que nous le sachions. Même chose pour Kenneth Lenihan. Il ne faut rien négliger…

Le téléphone sonna de nouveau. Eitzen décrocha, dit allô, écouta.

— Merci, fit-il enfin.

Il raccrocha, puis enchaîna :

— La maison où vous vous êtes réveillés ce matin a été louée pour la saison par une certaine Mrs Moira Babins, quarante et un ans, secrétaire, domiciliée à Londres, veuve et ayant deux enfants : Pearl, dix-huit ans, et Gordon, quatorze. Celui-ci serait anormal.

— C'est un nain, je vous l'ai dit. Ainsi, la fille aurait dix-huit ans ? J'en suis bien aise…

— Évidemment, je mets tout ce joli monde sous surveillance.

— Évidemment.

4

Everett J. Anderson travaillait dans le Sin House, sur un appareil de contrôle électronique, lorsqu'une voix jaillie des haut-parleurs le pria de se rendre immédiatement au bureau du lieutenant de vaisseau Charles Eitzen, le chef des services de sécurité du Squadron 14.

Anderson se sentit pâlir et son cœur se mit à battre de façon désordonnée. Pendant un court instant, il fut pris de panique et ne pensa qu'à fuir. Puis, l'idée lui vint que, s'il était découvert, des consignes avaient dû être données pour l'empêcher de quitter le *Proteus*. Il se ressaisit. Les types de la sécurité ne pouvaient avoir aucune preuve contre lui, simplement des soupçons. Il suffirait de nier.

Il quitta son travail, sous les regards curieux des autres spécialistes et se rendit tout droit chez Eitzen. Celui-ci l'accueillit froidement. Sans l'inviter à s'asseoir, il demanda :

— Savez-vous où se trouve actuellement votre femme ?

Un peu surpris, Anderson répliqua sur un ton agressif :

— Non, et je m'en fous.

Charles Eitzen resta impassible. Il alluma tranquillement une cigarette.

— Quand l'avez-vous vue pour la dernière fois ?
— Hier matin.
— Chez vous ?
— Elle s'en allait.
— Où ?
— Je n'en sais rien. Elle s'en allait pour de bon, définitivement. Enfin, c'est ce qu'elle disait.
— Vous vous étiez disputés.
— Oui. Ça vous regarde ?
— C'est moi qui pose les questions, Anderson. Pour l'instant.
— Ces questions concernent ma vie privée, je ne suis pas obligé d'y répondre.
— Vous n'êtes pas obligé... pour l'instant. Mais, vous pourriez l'être bientôt.
Anderson fronça les sourcils.
— Qu'est-ce que ça veut dire ?
— Votre femme a loué une chambre hier après-midi à l'hôtel Argyll. Hier soir, elle est sortie à pied, laissant sa voiture. Personne ne l'a revue depuis. La direction de l'hôtel a signalé cette disparition à la police, bien entendu. Vous feriez bien d'y aller. De toute façon, s'il est arrivé quelque chose à votre femme, la nuit dernière, vous avez un alibi indestructible, puisque vous étiez ici, dans le local disciplinaire.
— Bon, fit Anderson, je vais y aller après la fin du boulot...

*

Moira Babins était dans le grenier. Par l'intermédiaire d'une lunette marine à fort grossissement, elle observait le *Proteus* et le sous-marin atomique amarré à son flanc. Il était cinq heures et la vedette de liaison attendait à la coupée. Moira Babins régla la lunette sur cet endroit précis et ne bougea plus.

Elle vit arriver les hommes qui descendaient à terre, des marins, des civils, et reconnut parfaitement Anderson lorsque celui-ci apparut. Elle fit alors bouger la lunette sur son trépied pour la braquer sur le débarcadère.

Elle se redressa, alluma une cigarette. La pluie s'était arrêtée, sûrement pas pour longtemps. Le vent qui soufflait toujours du nord-ouest avec la même violence charriait dans le ciel les mêmes nuages noirs gonflés à crever. Moira Babins frissonna. Elle avait froid et se sentait déprimée. Elle souhaitait que tout fût bientôt terminé. Elle en avait assez de ce pays dur et sauvage, de ce vent et de cette pluie. Elle avait besoin de chaleur et de soleil.

La vedette était partie et fendait les eaux noires du loch, laissant derrière elle un double panache d'écume blanche. Moira Babins se prit frileusement les épaules dans ses mains et ses seins remontèrent sous le chandail, serrés l'un contre l'autre dans l'étau de ses bras croisés.

La vedette atteignit bientôt l'appontement. Moira Babins colla de nouveau son œil droit au petit bout de la lunette. Elle vit débarquer Everett Anderson. Elle le vit ensuite héler un taxi et partir en direction de Dunoon.

Elle descendit rapidement, prit son imperméable au vol dans la cuisine et l'enfila. Puis, elle bondit au volant de son Austin A40 rouge et noir, qu'elle avait pris la précaution de ranger à reculons afin de ne pas perdre de temps à manœuvrer pour repartir.

Le taxi qui emportait Anderson avait pris la route du littoral. Moira Babins emprunta celle de l'intérieur, moins longue de deux kilomètres et qui, moins fréquentée, permettait d'aller plus vite.

À l'entrée de Dunoon, elle prit une rue à gauche, qui descendait vers l'estuaire. Elle arrêta la voiture en bas et attendit. Un des grands bateaux à roues qui assurent le service des passagers entre Gourock, Dunoon et Rothesay, arrivait, le pont noir de monde. Moira Babins ne le regarda pas. Elle était trop occupée à essayer de reconnaître Anderson dans les taxis qui se dirigeaient vers le centre de la ville.

Elle le vit enfin et repartit aussitôt pour le suivre. Une Chevrolet noire s'était intercalée entre eux et elle trouva cela excellent. Everett Anderson allait au commissariat de police.

Moira Babins rangea l'Austin un peu plus loin et se mit à surveiller la porte du commissariat dans le miroir du rétroviseur. La pluie recommença.

*

Une demi-heure plus tard, Everett Anderson ressortit de la maison de police. Tout s'était bien passé. Il avait même obtenu l'autorisation de récupérer l'Austin Baby de Marion, abandonnée dans le garage de l'hôtel.

Sa casquette solidement enfoncée sur le front, le col de son imperméable relevé et boutonné, il partit à pied en direction de l'Argyll. Il commençait à se demander sérieusement ce qu'était devenue sa femme. L'inspecteur lui avait dit qu'on l'avait vue, la veille, dans des bars et à la salle de bal municipale, en compagnie de plusieurs hommes.

Selon l'inspecteur, il y avait trois possibilités : la fugue, le suicide ou le crime. La fugue, Anderson n'y croyait pas. Marion était partie le matin du domicile conjugal avec une valise et sa voiture, à laquelle elle tenait beaucoup, et il n'y avait aucune raison pour qu'elle ait continué à pied et les mains vides, sans même son nécessaire de toilette, sans même un slip de rechange, alors qu'elle était d'une propreté presque maladive.

Le suicide, pas davantage. Marion n'était pas ce genre de femme qui essaie de mettre fin à ses jours pour un oui ou pour un non. D'ailleurs, les femmes qui se suicident se ratent neuf fois sur dix et les rares réussites sont presque toujours dues à une maladresse ou une malchance imprévues.

Restait le crime. La Grande-Bretagne est un pays où les crimes de sadique sont affaires presque courantes. Les gens qui avaient vu Marion la veille affirmaient tous qu'elle semblait avoir bu. Elle avait pu se montrer imprudente, suivre un des hommes qui l'accompagnaient et tomber sur un salopard.

Cette perspective ne troublait guère Everett Anderson. Il n'aimait plus sa femme et ils vivaient depuis trop peu de temps ensemble pour que d'autres liens aient pu se tisser entre eux. Il était plutôt content d'en être débarrassé et la pensée qu'il n'aurait peut-être pas de pension à payer le remplissait de joie.

Il arriva devant la façade sombre et triste de l'hôtel Argyll et se demanda ce qui avait bien pu attirer Marion dans cet établissement. Peut-être sa position centrale. Il entra, se présenta au directeur.

— La police vient de m'avertir par téléphone, dit celui-ci. Je suis navré pour vous, monsieur Anderson.

— Ne le soyez pas, répliqua grossièrement Anderson. C'était une vraie vipère.

Choqué, l'hôtelier ne dit plus rien. Anderson paya la note et demanda que la valise de sa femme, avec ses affaires, fût mise de côté. Il reviendrait la chercher.

— Je prends la voiture, termina-t-il. Elle est au garage ?

— Oui et la clé doit être dessus.

Anderson pensa que tout s'arrangeait bien. Sa Triumph en avait au moins pour huit jours de réparations et l'Austin était la bienvenue. Il descendit, guidé par un employé…

*

Moira Babins, qui ne s'attendait pas à ce qu'il ressortît en voiture, faillit ne pas le voir. Elle démarra très vite. Mais il était parti dans l'autre sens et elle fut obligée de faire demi-tour. Un cycliste la gêna. Lorsqu'elle put repartir, l'Austin Baby avait disparu.

Elle pensa que Anderson allait rentrer chez lui, à Sandbank et vira pour prendre la route de l'estuaire. Cinq cents mètres plus loin, elle retrouva la petite voiture vert foncé qui roulait plutôt lentement.

Moira Babins jeta un coup d'œil au rétroviseur. Une Chevrolet noire était derrière elle, une Chevrolet qui ressemblait comme une sœur à celle qui suivait le taxi d'Anderson, lorsque celui-ci se rendait au commissariat.

Moira Babins eut soudain la gorge sèche. Autant qu'elle pouvait le voir, malgré la pluie qui brouillait les vitres, il y avait deux hommes à l'intérieur de la Chevrolet.

À quelque distance de là, Moira Babins avait souvent remarqué un petit hôtel assez sympathique, séparé de la route par un jardin en pelouse que ceinturait un chemin carrossable en demi-cercle. Elle mit son clignotant bien avant et ralentit. La Chevrolet la dépassa. Elle contenait bien deux hommes, des Américains à n'en pas douter, en civil. Moira Babins fit entrer sa voiture dans le parc de l'hôtel, passa devant celui-ci sans s'arrêter et revint sur la route par l'autre côté.

Elle reprit la filature d'Anderson, doublée maintenant de celle de la Chevrolet. Ils arrivèrent à Kirn. À gauche, se trouve un hôtel de style moyenâgeux, avec, au rez-de-chaussée, un bar indépendant auquel une vieille enseigne de fer forgé, une porte massive et cloutée, des carreaux de couleurs aux fenêtres donnent un certain cachet. Anderson s'y arrêta.

La Chevrolet s'immobilisa un peu plus loin et ses deux occupants restèrent dedans. Moira Babins rangea sa voiture devant le bâtiment de l'embarcadère, juste en face, descendit pour acheter un journal et des cigarettes et reprit sa place au volant.

Un quart d'heure plus tard, Anderson quitta le bar, remonta dans l'Austin Baby et repartit en direction d'Hunter's Quay. La Chevrolet démarra sur ses traces.

Moira Babins savait maintenant à quoi s'en tenir. Everett Anderson était l'objet d'une filature et ses suiveurs n'appartenaient pas à la police britannique mais probablement aux services de sécurité de l'US Navy. C'était là un fait nouveau considérable. Moira, qui avait vécu ces dernières semaines dans une trompeuse sécurité, entrevit soudain le spectre des interrogatoires de la police et de la prison. Elle se demanda si les prisons, en Écosse, étaient chauffées et si la nourriture y était encore plus mauvaise que dans les hôtels.

Il n'était plus question de rendre à Anderson la boîte contenant les fausses pièces détachées pour les appareils de guidage par inertie des fusées Polaris. Il fallait seulement avertir « David », c'était sous ce pseudonyme que Moira Babins connaissait Kenneth Lenihan, et attendre de nouveaux ordres.

En principe, David devait prendre seul l'initiative des rencontres, mais il avait tout de même été prévu que Moira Babins pût se trouver dans la nécessité de le contacter de toute urgence, pour l'informer d'un danger pressant, par exemple.

Elle repartit en sens inverse, rejoignit Dunoon et gagna la ville haute vers l'hôpital. Il pleuvait toujours et les rues luisantes étaient pratiquement désertes. Moira Babins arrêta sa voiture près d'une certaine boîte aux lettres, prit dans le coffre à gants un morceau de craie rouge.

Elle descendit. Personne. Elle marcha vers la boîte qu'elle masqua de son corps, fit semblant de glisser dans la fente une enveloppe imaginaire et traça sur le mur un cercle rouge. Son cœur battait plus vite et sa gorge était de nouveau sèche. Elle n'aimait pas ce genre de démarches, ayant toujours l'impression que des milliers de regards l'épiaient. Elle remonta très vite en voiture et repartit.

La prochaine étape était le parc qui s'étend derrière Castle Hill. Moira Babins s'y rendit sans détour et rangea sa voiture près de la nouvelle école en bois. Elle prit dans son sac un carnet et un crayon, inscrivit sur une feuille de carnet « Duncan », qui était le nom de code sous lequel ils étaient convenus de désigner Everett Anderson, l'entoura d'un cercle et inscrivit dessous « Carol », qui était son propre nom de code dans l'organisation. Ainsi, Lenihan saurait que Anderson était devenu dangereux et qu'il en était prévenu par Moira Babins.

Elle descendit et pénétra dans le parc. En raison du mauvais temps il n'y avait personne et elle ne fit aucun détour pour aller déposer son message dans la « boîte aux lettres mortes » qui était tout simplement un trou dans un arbre.

Ce côté boy-scout de la guerre du renseignement l'étonnait toujours et lui donnait même à rire, bien que ses instructeurs en la matière lui aient longuement expliqué la nécessité et l'efficacité de semblables procédés, depuis toujours en usage dans la plupart des services spéciaux. Mais ce soir-là, Moira Babins n'avait pas envie de rire. Elle avait peur et elle avait froid.

Elle fit demi-tour et rejoignit sa voiture. Elle pensait qu'il ferait chaud chez elle, mais qui pourrait la rassurer ? Gordon ?… Elle fit une grimace. Gordon n'était pour elle qu'un amant vicieux, un monstre qui flattait ses propres vices. Elle éprouva soudain le désir d'amours normales, d'un homme véritable et fort dans les bras duquel elle aurait pu se réfugier et ne plus craindre…

Elle se mordit les lèvres, luttant contre une brusque envie de pleurer.

*

Ce soir-là, Hubert Bonisseur de la Bath, dit La Verne, et Enrique Sagarra, dit Leone, rentrèrent au McColl's Hotel quelques minutes avant minuit. Iora, la jolie jeune femme brune, était encore à la réception, occupée à faire des comptes.

— Vous voyez, dit Hubert en prenant sa clé, ce soir nous sommes à l'heure.

Elle le regarda, sans sourire.

— Vous êtes parfaitement libre de faire ce qu'il vous plaît, monsieur La Verne, répliqua-t-elle un peu sèchement.

Enrique, ayant pris sa clé, s'éloigna discrètement. Hubert soupira.

— Hélas, non ! dit-il.

— Non ? s'étonna la jeune femme.

— Non, répéta Hubert. Par exemple, en ce moment précis, il me plairait de sauter par-dessus ce comptoir, de vous prendre dans mes bras, de vous embrasser, puis de vous emporter dans ma chambre… Dites-moi si je suis libre de le faire.

Elle était devenue très rouge et sa jolie bouche s'arrondit d'indignation.

— Oh ! non ! s'exclama-t-elle.

— C'est bien ce que je vous disais, reprit Hubert. Bonsoir, Iora. Je vais rêver de vous. En rêve, tout est permis…

Il fit quelques pas vers l'ascenseur, se retourna et ajouta :

— Je vous raconterai demain. J'espère que ce sera savoureux !

Elle n'eut aucune réaction. Pétrifiée, elle le suivit du regard jusqu'à l'ascenseur, puis tourna brusquement les talons et disparut dans le bureau. Enrique referma les portes, appuya sur le bouton du troisième étage.

— Ce n'est pas encore cette nuit que vous y aurez droit, se moqua-t-il.

Hubert haussa les épaules.

— Que voulez-vous ? Avec cette température, les fruits ne peuvent pas mûrir très vite, dans ce fichu pays…

Enrique sortit d'une poche le petit opuscule de conseils bibliques qui lui avait été donné dans le Midday Scot et l'ouvrit.

— *En proie à la tentation*, lut-il d'un ton docte. *Psaumes 1, 73, 119, 139…*

— Ça suffira comme ça, l’interrompit Hubert. Merci.

Ils se séparèrent au troisième étage, devant la porte de la chambre d’Hubert. Celui-ci, que l’humidité glaciale du dehors avait pénétré jusqu’aux os, décida de prendre un bain. Il se déshabilla rapidement, enfila un peignoir et des savates, prit une savonnette et une serviette et se rendit dans la salle de bains commune, voisine de sa chambre.

Il emplit la baignoire et se coula voluptueusement dans l’eau très chaude. Ils avaient traîné toute la soirée, Enrique et lui, de bar en bar, avec quelques visites au bal municipal. Ils n’avaient pas revu Lenihan et personne n’avait essayé de lier conversation avec eux.

Une soirée fichue. Hubert avait espéré que l’adversaire poursuivrait son attaque sans plus attendre et il était déçu. Il n’aimait pas ces périodes d’expectative. Son tempérament énergique et entreprenant le poussait toujours à foncer, à prendre l’initiative et à la conserver. Mais, là, il était bien obligé de subir. Il avait monté un piège et il était l’appât.

Il se savonna, se replongea dans le bain. Il était réchauffé et se sentait bien, lorsqu’un léger craquement attira son attention.

Il ne bougea plus, l’oreille tendue. Il aurait volontiers parié que quelqu’un était arrêté dans le couloir de l’autre côté de la porte. Et il aurait gagné, car la poignée tournait doucement, très doucement…

Il avait poussé le verrou et ne craignait donc pas d’être surpris dans cette position inconfortable. Il attendit. Lorsque la poignée fut à bout de course, l’inconnu poussa et s’aperçut que le battant était verrouillé. Hubert suivit du regard le lent retour de la poignée à sa position de départ.

Un silence, puis quelques craquements… Un léger grattement. Un silence, un faible grincement. Hubert se demanda s'il avait bien fermé la porte de sa chambre. Comme il n'avait rien de compromettant dans ses bagages, il n'était pas spécialement préoccupé par ce genre de choses. Il sortit lentement de la baignoire, évitant de faire du bruit et se sécha aussi vite qu'il le put.

Il remit son peignoir, ses chaussons, mouilla la serviette et la tordit. Une serviette mouillée peut constituer une arme terriblement efficace dans des mains entraînées…

Il ouvrit la porte, toujours silencieux. Personne dans le couloir. En trois pas, il fut devant la porte de sa chambre, tourna la poignée et poussa vivement le battant.

Il y avait bien quelqu'un chez lui, mais ce n'était pas ce qu'il avait imaginé. Il se détendit, entra, referma la porte, poussa le verrou et dit très gentiment :

— Vous tombez bien. Je suis tout propre.

Entre la fenêtre et la commode, Iora s'était collée le dos au mur. Elle était écarlate et ses seins volumineux se soulevaient avec force dans sa robe noire décolletée en pointe.

— Je… J'avais oublié de…

La gorge serrée, elle n'arrivait pas à s'exprimer. Hubert fit quelques pas, jeta la serviette mouillée dans le lavabo, s'essuya les mains sur son peignoir et marcha vers la jeune femme qui esquissa un geste de défense.

— Qu'est-ce que vous aviez oublié ? questionna-t-il. De me souhaiter gentiment une bonne nuit ?

Il la prit aux épaules et voulut l'embrasser sur la joue. Elle le repoussa, presque brutalement. Il recula d'un pas, surpris.

— Si vous m'expliquiez ce que vous êtes venue faire ici, proposa-t-il. Je suis très curieux de le savoir.

— Je…

Elle était si émue qu'elle n'arrivait pas à prononcer une phrase. Des pas dans le couloir ajoutèrent soudain à son affolement. Hubert, croyant la rassurer, éteignit la lumière. Elle voulut se déplacer et le heurta dans le noir. Il la prit dans ses bras et la serra contre lui.

— Ne bougez pas, chuchota-t-il. N'ayez pas peur.

Il sentait la chaleur et la fermeté de son corps et cela commençait à le troubler sérieusement. Les pas s'étaient rapprochés et deux clients, probablement deux hommes, discutaient à voix basse dans le couloir, tout près.

Hubert caressa l'épaule de la jeune femme, puis ses cheveux, puis sa nuque. Elle renversa la tête, se laissant faire. Sa respiration s'était précipitée. Sous prétexte de lui murmurer quelque chose à l'oreille, il approcha son visage dans une lente caresse, puis ses lèvres, à toucher le lobe.

— N'ayez pas peur, répéta-t-il. Je suis là pour vous protéger…

Elle frissonna. Ses mains se posèrent sur la taille, remontèrent vers les épaules d'Hubert. Il avait laissé ses lèvres sur son oreille et les remuait doucement. Elle frissonna de nouveau, avec une violence imprévue, puis se tourna soudain contre lui et lui donna sa bouche…

Un long moment plus tard, dans le lit, étroitement pelotonnée contre lui, débarrassée de sa peur et d'un tas d'autres choses, elle dit soudain :

— Il faut tout de même que je vous dise pourquoi j'étais venue…

— Oui ?

— J'avais oublié de vous dire que des policiers sont passés cet après-midi. Ils m'ont donné votre signalement, à votre chauffeur et à vous, et m'ont posé des tas de questions. J'ai dû reconnaître que vous n'étiez pas rentrés la nuit dernière… Avez-vous fait quelque chose de grave ?

— Peut-être un peu de tapage nocturne, répondit prudemment Hubert.

— En tout cas, reprit-elle, il faut que vous alliez demain matin au commissariat. À dix heures. Vous et votre chauffeur.

Hubert se mit à pester intérieurement. Il détestait avoir affaire à la police. Un policier représente la légalité, alors qu'un agent secret n'évolue généralement que dans l'illégalité. Un tel antagonisme ne facilite guère les rapports, surtout sur le plan officiel.

Il ne pouvait s'agir que de la disparition de Marion Anderson et Hubert ne s'inquiétait pas pour autant. Il était simplement ennuyé par le fait que, ayant attiré l'attention de la police locale, il allait immanquablement perdre une grande partie de sa liberté d'action.

— Nous irons, assura-t-il. Mais, d'ici à dix heures, nous avons tout le temps…

Elle comprit parfaitement ce qu'il voulait dire et il pensa, sans l'exprimer, qu'elle était assez douée.

5

Kenneth A. Lenihan donna six shillings et six pence pour un billet aller et retour Dunoon-Rothesay et quitta le bureau de la Caledonian Steam Packet Co Ltd, correspondant des British Railways. Un vent violent balayait rageusement la pluie sur la chaussée. Lenihan rentra la tête dans le col relevé de son imperméable et se courba en avant afin que la visière de sa casquette lui protégeât le visage. Il marcha très vite jusqu'aux guichets de l'embarcadère, paya les trois pence d'entrée, franchit le tourniquet et se lança sur la jetée, passant à gauche de la cloison vitrée pour échapper un instant au vent et à la pluie.

Au bout de la jetée, la station s'étend comme la barre d'un T, bâtie sur un appontement de bois monté sur pilotis. Les deux salles d'attente, dont une réservée au seul sexe faible, étaient pleines à craquer. Une trentaine de voyageurs restait dehors, sous la partie couverte, battant de la semelle sur le plancher détrempé au rythme d'un air de jazz que diffusaient les haut-parleurs.

Lenihan consulta sa montre : neuf heures trente-deux. Plus que huit minutes, en principe, à attendre le steamer qui devait quitter Dunoon à neuf heures quarante.

Il regarda vers Gourock, mais ne vit rien. À moins d'un kilomètre, les eaux de l'estuaire se confondaient avec le ciel dans une même grisaille de plomb. Lenihan se mit à faire les cent pas pour se réchauffer. Deux gosses maltraitaient un jeu de football installé dans un coin.

Lenihan était inquiet. Il se sentait las, déprimé, et n'arrivait pas à se convaincre que le mauvais temps persistant était le seul responsable. La veille, il avait vu le signal d'alarme inscrit à la craie rouge, à l'endroit convenu, par Moira Babins. Il était allé chercher le message dans la boîte aux lettres mortes.

Au cours de la nuit, vers trois heures, il s'était rendu chez les Babins, usant de mille précautions dans l'éventualité d'une possible surveillance. Moira lui avait raconté ce qu'elle savait.

Immédiatement, Lenihan avait ordonné à la femme de ne plus bouger, d'éviter tout contact avec Everett Anderson et de mettre en veilleuse l'affaire Hubert La Verne dans l'attente de nouvelles instructions. Ces nouvelles instructions, Lenihan allait maintenant les chercher auprès de son chef de réseau, dont tout ce qu'il savait était un nom de code : « Isobel », et qu'il devait habiter Rothesay. Encore, Lenihan n'était-il pas assuré de ce dernier point. Car, s'il avait un rendez-vous fixe chaque samedi matin à Rothesay avec « Isobel », il ignorait si celui-ci ne venait pas lui-même d'un autre point de l'estuaire de la Clyde, ou même de plus loin, pour le rejoindre là.

Le steamer arrivait. C'était un deux cheminées, probablement le SS *Duchess of Hamilton*. Les haut-parleurs cessèrent de diffuser de la musique pour annoncer la nouvelle. Immédiatement, les salles d'attente commencèrent à se vider. Lenihan suivit le mouvement vers le mouillage numéro un. Disciplinés malgré les bourrasques de pluie, les voyageurs formèrent une queue et ne bougèrent plus.

Du pouce et de l'index, Lenihan lissa sa grosse moustache poivre et sel pleine d'humidité. Puis, il entreprit de bourrer sa pipe tout en suivant d'un regard distrait les manœuvres d'accostage, puis d'amarrage.

Comme tous les samedis matin, il y avait beaucoup de monde en provenance de Glasgow, des pêcheurs, des joueurs de golf, alourdis par leur matériel, d'autres simplement chargés de valises. Le débarquement dura un long moment. Puis, la queue s'ébranla et Lenihan put prendre pied à son tour sur le steamer. Immédiatement, il descendit dans l'un des salons intérieurs pour se mettre à l'abri et trouva une place assise près d'une vitre brouillée par la pluie.

Quelques minutes après le départ, bercé par le bruit sourd et rythmé des machines, il glissa lentement dans un demi-sommeil, bientôt bizarrement animé de rêves érotiques dans lesquels Pearl Babins tenait la vedette et entrecoupés de brefs moments de lucidité où le souvenir de sa famille, de sa femme et de ses deux enfants, qui habitaient tous trois Moscou, s'imposait brusquement à lui.

Il se réveilla tout à fait alors que le steamer dépassait Toward Point. La pluie avait cessé et un rayon de soleil, traversant une déchirure des nuages, éclairait le phare et les bâtiments blancs de la station de radio. Quelques voiles blanches doublaient le cap, dangereusement couchées sur les eaux sombres et tourmentées qui explosaient en lourdes gerbes d'écume autour des rochers affleurants. Au nord, d'énormes nuages noirs couvraient les collines. C'était un spectacle d'une sauvage beauté et Lenihan demeura fasciné. Puis, l'éclaircie cessa et des gouttes de pluie s'écrasèrent de nouveau sur les vitres.

Lenihan alluma enfin la pipe qu'il avait bourrée à Dunoon. Les passagers se levaient déjà pour regagner le pont. Il suivit le mouvement. Le steamer pénétrait dans la baie en demi-lune de Rothesay. La ville s'étalait au bas des collines, tassée comme un croissant autour du port. Sur les hauteurs, à droite, de laides constructions de béton gris s'étageaient.

Des nuées de mouettes accompagnaient le bateau, poussant des cris aigus. Des passagers leur lançaient des morceaux de pain, qu'elles attrapaient adroitement au vol. Un bateau à roues était à quai. Lenihan, qui connaissait les silhouettes d'à peu près tous les bateaux sillonnant la Clyde, pensa qu'il s'agissait du PS *Maid of the Loch*, car il n'avait qu'une cheminée. Le PS *Waverley*, de même conception, avait deux cheminées.

Ils accostèrent bientôt. Lenihan s'était rapproché de la coupée et il fut l'un des premiers à descendre. La jetée était pleine de la foule habituelle aux débuts de week-end. Lenihan se hâta sur la sortie. Il venait de franchir le portillon, lorsque la pluie décupla soudain de violence, se transformant en un véritable déluge. Il courut se mettre à l'abri sous la longue verrière qui borde la place à droite et qui contenait déjà une foule dense. De vieilles voitures de maître transformées en taxis amenaient sans arrêt des voyageurs qui se hâtaient de mettre pied à terre et, certains lourdement chargés, de filer vers les portillons.

L'averse dura dix bonnes minutes, puis cessa presque subitement. Lenihan repartit aussitôt, suivant la promenade vers la plage. Ses instructions, toujours les mêmes, étaient de parcourir environ un kilomètre dans cette direction, puis de revenir sur ses pas. « Isobel » l'abordait toujours au retour, jamais au même endroit, après s'être assuré, sans aucun doute, qu'il n'était pas suivi.

Lenihan se doutait qu'aussitôt passé le Pavillon, il devait être observé par « Isobel », mais il n'essayait pas de l'apercevoir. Il ne prêtait même aucune attention à ce qui l'entourait, le *putting green*, le golf miniature sur gazon, les embarcadères des loueurs de canots à moteur, les parterres de fleurs et les guirlandes d'ampoules électriques multicolores tout au long de l'esplanade, les distributeurs de cigarettes et de lait glacé, les cabines téléphoniques, les photomatons, les vibromasseurs et les innombrables pèse-personnes, les vieilles gens assises sur les bancs humides, les mouettes qui tournoyaient inlassablement, toujours criant, toujours affamées…

*

Paul Finn, *alias* Isobel, était chez lui, une maison sur la colline, en bordure de Bogany Wood, qui dominait le port avec une vue en enfilade sur l'esplanade. Au moyen de puissantes jumelles, il observait Lenihan et surtout les gens qui, de près ou de loin, marchaient dans la même direction que celui-ci.

Lenihan alla presque jusqu'à Skeoch Wood, puis fit demi-tour. Paul Finn poursuivit son observation pendant une minute ou deux, afin de s'assurer que personne ne suivait le mouvement. Tranquillisé, il remit ses jumelles dans leur étui, descendit au rez-de-chaussée, prit son imperméable et son chapeau.

Paul Finn était un homme de cinquante-trois ans, grand, svelte, avec un visage osseux, allongé, des yeux gris-vert, un front très haut et des cheveux grisonnants et clairsemés coupés à un centimètre partout. Paul Finn, ce n'était pas son vrai nom, avait le grade de colonel dans le GRU, le service central de renseignement de l'Armée soviétique, chargé de l'espionnage militaire à l'étranger. Il était le chef du réseau installé autour de la base américaine de Holy Loch, aux fins d'information et d'éventuels sabotages.

Il était arrivé à Rothesay un an plus tôt et se faisait passer pour artiste peintre, couverture inattaquable car il peignait réellement et non sans talent. Une galerie de Rothesay avait d'ailleurs fait une exposition de ses œuvres en début de saison et une quinzaine de ses toiles avaient été vendues et bien vendues.

Il sortit du garage sa voiture, une Morriss Minor noire d'un modèle ancien, démarra et rejoignit la rue en lacets qui descend vers le centre de la ville. Il la laissa près du Victoria Hotel, en face du port, et repartit à pied vers l'esplanade. Le temps s'était éclairci et l'on distinguait parfaitement, à sept kilomètres plus au nord, l'embouchure du loch Striven et à gauche les hautes collines dénudées de Strone Point.

Trois jeunes filles l'abordèrent sur la promenade pour lui demander la monnaie d'une demi-couronne afin de pouvoir téléphoner d'une cabine, probablement à un boy-friend. Il s'excusa, il n'avait pas de monnaie.

Des gens, profitant de l'éclaircie, jouaient au golf sur le *putting green*. Il aperçut Lenihan qui revenait, à moins de cent mètres. D'un mouvement naturel, il obliqua vers un des nombreux bancs installés face aux eaux du port et s'assit en tirant soigneusement les pans de son imperméable sous ses fesses pour éviter de se mouiller.

Pendant les trente secondes qui suivirent, il feignit de s'intéresser aux évolutions des canots à moteur de location qui sillonnaient la baie en tous sens. Lenihan arriva et s'assit à l'autre bout du banc. Il bourra une pipe, puis l'alluma soigneusement.

— Le temps a l'air de s'arranger, dit soudain Paul Finn.

— Ça ne va pas durer, répliqua Lenihan en scrutant le ciel qui restait menaçant.

— C'est une saison fichue, reprit Paul Finn.

— C'est vrai. On ne se croirait jamais au début d'août...

Quand ils furent bien certains que personne ne pouvait les entendre, ils passèrent à des choses plus sérieuses.

— Nous avons des ennuis, annonça Lenihan, avec Duncan.

« Duncan » était le nom de code sous lequel ils désignaient Everett Anderson. Simple mesure de sécurité pour n'avoir jamais à prononcer ni à écrire son nom.

— Graves ? demanda Paul Finn.

— Je le crains. Le hasard m'a fait rencontrer sa femme avant-hier. Elle venait de quitter le domicile conjugal et projetait d'aller raconter certaines choses à certaines personnes.

— Que savait-elle ?

— Je l'ignore, mais j'ai cru bon de prendre des mesures.

Paul Finn fronça les sourcils, ennuyé.

— Définitives ? questionna-t-il.

— Oui. Mais, je me suis arrangé pour qu'on ne la retrouve pas de sitôt. Ils croiront à une fugue.

— Je l'espère.

— Ce n'est pas tout. Duncan, qui était ivre mort, a eu un accident de voiture et a été coffré. Il y avait chez lui la boîte que vous savez : je l'ai reprise dans la nuit. Mais, hier midi, il est venu chez Carol réclamer cette boîte, affirmant qu'il était prêt à faire ce que nous lui demandions. Hier soir, alors qu'elle le suivait pour lui redonner la boîte, Carol s'est aperçue qu'il était filé, probablement par des agents des services de sécurité américains. Impossible de savoir s'ils se doutent de quelque chose ou bien si la disparition de sa femme est seule en cause.

— En cas de coup dur, quelles seraient les réactions de Duncan ?

— C'est un ivrogne, un désaxé, on ne peut lui faire aucune confiance. Vous savez bien d'ailleurs que nous avions décidé de le supprimer dès que l'échange des pièces aurait été terminé. Il va probablement revenir à la charge chez Carol et il nous fait courir à tous un danger…

— Alors, il ne faut pas hésiter.

— Parfait. Je vais m'en occuper dès ce soir.

— Soyez très prudent, recommanda Paul Finn. Il ne faudrait pas que le remède soit pire que le mal. Arrangez un accident.

— C'était bien mon intention.

Lenihan tira vigoureusement sur sa pipe qui allait s'éteindre. Un couple de vieilles gens passait lentement devant eux, bras dessus, bras dessous. Ils attendirent qu'ils se fussent éloignés.

— Opération Carrick ? s'enquit Paul Finn.

Des gouttes de pluie tombaient de nouveau, étoilant une large flaque d'eau à leurs pieds. Carrick était le nom de code pour l'action entreprise contre l'ingénieur Hubert La Verne.

— Tout allait bien, répondit Lenihan. Les photos sont formidables. J'ai demandé à Carol de mettre en veilleuse et de ne pas poursuivre jusqu'à nouvel ordre.

— Vous avez bien fait. Il faut être sûr que les services américains ne s'intéressent pas à elle. Cette démarche de Duncan hier midi a pu attirer leur attention… C'est une affaire de quelques jours.

Lenihan ôta sa pipe de sa bouche, tassa la cendre avec son pouce. Des gosses passèrent en courant, suivis par une bande de mouettes criardes auxquelles ils avaient dû donner du pain.

— Et, à part ça ? s'enquit Paul Finn.

— Il semble que le *George Washington* s'apprête à reprendre la mer[1].

— Bien, je vais alerter nos chalutiers.

Lenihan lissa entre ses doigts sa grosse moustache et reprit :

— Je voulais vous demander… Il est possible que la situation évolue rapidement dans les jours à venir en ce qui concerne notre sécurité. J'aimerais pouvoir vous contacter rapidement en cas de besoin. Un rendez-vous toutes les semaines, c'est trop peu.

Paul Finn resta silencieux un moment. Il paraissait ennuyé.

— Pour la sécurité, justement, répondit-il enfin, il est dangereux de se rencontrer trop souvent.

— J'insiste, dit Lenihan. Il peut y avoir des décisions importantes à prendre…

— Écoutez, voilà ce qu'il est possible de faire. En cas de nécessité, vous prendrez le bateau qui part à trois heures de Dunoon. Dès votre arrivée ici, vous

1. Un des dix sous-marins atomiques armés de Polaris qui forment le Squadron 14.

appellerez le 647 et vous demanderez Lillian. C'est une prostituée qui travaille à domicile. Une fille jolie et très gentille. Vous lui direz que vous êtes un ami de George et elle vous recevra sûrement tout de suite. Quand vous serez chez elle, isolez-vous dans la salle de bains. Vous trouverez dans un placard des serviettes de toilette. Prenez-en une rouge et accrochez-la à la fenêtre, à l'extérieur. Une heure plus tard, vous venez ici et nous faisons comme d'habitude. Répétez.

Lenihan répéta consciencieusement.

— Maintenant, conclut Paul Finn, vous pouvez filer. Vous avez un bateau à midi dix pour regagner Dunoon. Soyez très prudent.

Lenihan se leva.

— Avez-vous des nouvelles de ma famille ? questionna-t-il.

— Oui, excusez-moi. Ils vont tous très bien et sont actuellement en vacances sur une plage de la mer Noire.

— Ils doivent avoir plus chaud qu'ici…

— Sûrement.

Lenihan s'éloigna. Il pensait à sa femme, à sa fille de douze ans, à son garçon, de deux ans plus jeune. Il les imaginait se dorant au soleil sur une plage de sable blanc, au bord d'une mer d'un bleu profond et il regretta intensément de n'être pas avec eux…

6

Le lieutenant de vaisseau Charles W. Eitzen alluma une cigarette, puis se leva. Hubert admira une fois de plus son impressionnante carrure. Le spectacle de Charles Eitzen bougeant faisait penser à un char d'assaut ou à un bulldozer.

— Comment s'est passée votre entrevue avec la police écossaise ? questionna-t-il.

Hubert porta son regard vers le hublot, qui encadrait une partie de la rive nord du Holy Loch, les maisons de Kilmun alignées sur un rang, entre la route et la colline abrupte, et un petit cimetière installé sur une pente raide, avec des tombes étagées comme des fauteuils de balcon.

— Très bien, répondit Hubert. J'ai affirmé que Marion Anderson nous avait quittés à la sortie du bal et que je ne l'avais pas revue depuis. Enrique a dit la même chose.

— Mass aussi. Je lui ai fait la leçon, comme vous me l'aviez demandé et il a prévenu lui-même Lenihan qui est d'accord pour confirmer, bien entendu.

— Il valait mieux que ce soit Mass, reprit Hubert. Il connaissait Lenihan depuis plus longtemps que nous et il s'est tout de même réveillé chez lui et en sa compagnie après cette folle nuit…

Charles Eitzen sourit.

— Bien sûr, mais Lenihan a paru convaincu que vous et votre chauffeur étiez responsables de la disparition de la jeune femme… Quant à Mass, j'ai tout de même été obligé d'éclairer un peu sa lanterne. Il le fallait bien, car il commençait à se poser des questions…

Hubert regarda de nouveau le lieutenant de vaisseau.

— Et les filatures ?

— J'allais y venir… Hier soir, Moira Babins a suivi Anderson à Dunoon, au siège de la police, d'abord, ensuite à l'hôtel Argyll où il a récupéré la voiture de sa femme. Au retour, Moira Babins s'est aperçue que Anderson était filé. Elle a immédiatement décroché, sans se rendre compte qu'elle était elle-même l'objet d'une surveillance. Elle s'est rendue dans le quartier haut de Dunoon, où elle a inscrit un cercle à la craie rouge sur un mur. Après cela, elle est allée dans le parc de Castle Hill déposer un message dans une boîte aux lettres mortes. Un de mes hommes est resté sur place. Il a pris connaissance du message et l'a remis en place. C'était une feuille arrachée d'un carnet. Deux noms y avaient été marqués : Duncan et Carol. Duncan se trouvait au-dessus, entouré d'un cercle. La nuit tombée, quelqu'un est venu relever le message. C'était Kenneth Lenihan.

— Eh bien, constata Hubert, voilà le chaînon qui manquait dans l'explication de notre aventure. Lenihan est le complice de la famille Babins. Qu'a-t-il fait ensuite ?

— Il est rentré se coucher. Mes hommes n'avaient pas reçu l'ordre de rester toute la nuit en observation ; des trois côtés, ils ont décroché lorsqu'ils ont été persuadés que tout le monde dormait et n'ont repris qu'à sept heures ce matin. Je pense maintenant que j'aurais dû mettre une équipe de nuit.

— Tant pis, dit Hubert. Il ne faut jamais perdre son temps à regretter ce qui aurait pu être fait. Et aujourd'hui ?

— Moira Babins est partie de bonne heure pour Glasgow. Elle a loué une chambre au Central. Elle a déjeuné à l'hôtel, puis été au cinéma. Il semble qu'elle n'ait rencontré personne. Quant à Lenihan, il est parti ce matin par le steamer de neuf heures quarante pour Rothesay. Aussitôt arrivé, il a suivi à pied la route qui longe la baie. Mes hommes ont loué un canot à moteur et l'ont surveillé du large. Il a fait un kilomètre environ, puis est revenu sur ses pas. Sur l'esplanade, il s'est assis sur un banc à côté d'un homme que les miens ont pu photographier au téléobjectif…

Eitzen ouvrit un tiroir, en sortit une photographie de format 18 × 24 qu'il tendit à Hubert.

— Ils ont bavardé quelques minutes, puis Lenihan est reparti et il a repris le steamer de midi dix pour rentrer à Dunoon. Un de mes gars a essayé de filer l'autre, mais il l'a perdu presque tout de suite.

Hubert regardait la photographie. Elle avait été prise de très loin, avec un petit format et considérablement agrandie. L'image n'était pas nette, mais Lenihan était tout de même parfaitement reconnaissable. Hubert examina longuement le visage de l'homme assis à l'autre bout du banc.

— Avez-vous pu l'identifier ? questionna-t-il.

— Non.

Hubert reposa la photographie sur le bureau.

— Les procédés de transmission employés et les précautions prises pour les rencontres nous prouvent suffisamment que nous sommes en présence d'un réseau clandestin, reprit-il. D'après mon expérience, il est permis de supposer que l'inconnu de Rothesay est le patron, Lenihan étant sous ses ordres directs et servant de tampon entre lui et les Babins. Nous avons en effet la filière pour la transmission d'une information, cette information étant probablement le fait que Anderson était l'objet d'une filature… Moira Babins à Lenihan, Lenihan à l'inconnu de Rothesay. Nous pouvons également être à peu près certains que Moira Babins ne sait pas où habite Lenihan et qu'elle ne le connaît probablement que sous un nom de code. C'est ainsi que cela se passe habituellement dans les réseaux soviétiques…

Charles Eitzen approuva d'un mouvement de tête. Il ôta sa cigarette de sa bouche et demanda :

— Que faut-il faire, à votre avis ? Ramasser Anderson, les Babins et Lenihan, puis les mettre sur le gril ? Ce serait bien le diable si aucun d'eux ne se mettait à table.

Hubert fit une grimace.

— Anderson parlerait peut-être, admit-il. Les Babins, probablement pas. Lenihan, sûrement pas. Et la tête nous échapperait. Non, croyez-moi, il ne faut rien faire maintenant, seulement poursuivre la surveillance, mais avec la plus grande discrétion. Par ailleurs, je vais essayer de provoquer la démarche attendue en ce qui me concerne…

*

Kenneth A. Lenihan achevait de dîner, seul dans sa maison des hauts de Dunoon que battaient le vent et la pluie. Le poste de radio fonctionnait, mais Lenihan ne l'écoutait pas. Depuis son retour de Rothesay, il n'arrêtait pas de réfléchir, cherchant l'idée d'un « accident » susceptible de mettre fin aux jours d'Everett Anderson sans pour autant retenir l'attention de la police.

Il avait envisagé bien des solutions : l'accident d'auto, la noyade, l'électrocution et même le suicide, motivé par la disparition de Marion. Mais, aucune d'elles n'avait résisté longtemps à un sérieux examen.

Pensif, Lenihan prit une poire dans la coupe posée au centre de la table. Il commençait à la peler, lorsqu'une guêpe s'échappa d'une cavité creusée dans le fruit. Elle voleta un instant, engourdie par le froid, puis se posa au bord du verre à demi plein de bière.

Lenihan l'observait. Il ne craignait pas les guêpes et son esprit restait braqué sur son idée fixe. L'insecte descendit un peu à l'intérieur du verre, puis glissa et tomba dans la bière où elle se mit à barboter.

Cette fois, Lenihan réagit. Furieux, il se leva, prit le verre et se rendit dans la cuisine, avec l'intention de jeter la bière et la guêpe dans la vidange de l'évier. Mais, alors qu'il allait le faire, il retint son geste. Son front se plissa, ses yeux se rapetissèrent. Il éleva le verre à hauteur de son regard, observa l'hyménoptère qui se débattait faiblement… Un sourire cruel retroussa les commissures de ses lèvres sous sa grosse moustache. Il tenait son idée. Une idée formidable.

Il posa le verre et, avec ses doigts, attrapa délicatement les ailes mouillées de l'insecte qu'il sortit de la bière. Il retourna dans le living-room et alla s'asseoir devant un petit secrétaire appuyé contre le mur entre les deux fenêtres. De sa seule main gauche, il ouvrit un tube de colle liquide, fit jaillir une goutte de la grosseur d'une perle et posa le tube. Délicatement, il écarta les ailes de la guêpe et en frotta la surface supérieure contre la colle avant de les réunir de nouveau et de les tenir pressées l'une contre l'autre. L'insecte se tortillait, dans le vain espoir d'atteindre les doigts de Lenihan avec son aiguillon. Finalement, Lenihan lâcha l'insecte qui se mit à marcher sur le buvard du sous-marin ; ses ailes collées lui interdisaient toute évasion. Lenihan vida une boîte d'allumettes et enferma la guêpe dedans.

Il était très satisfait et pas très éloigné de croire qu'il venait d'inventer une nouvelle forme d'assassinat.

*

Pour ne pas rompre avec les habitudes prises depuis leur arrivée, ce qui aurait pu sembler bizarre à d'éventuels observateurs, Hubert Bonisseur de la Bath avait décidé que Enrique et lui feraient encore, ce soir-là, la tournée des bars.

L'endroit où ils se trouvaient un peu après onze heures était sinistre. Rien que des hommes, un seul groupe de quatre jouant aux cartes, les autres solitaires et buvant méthodiquement en silence.

Afin d'être dans la note, Hubert et Enrique ne se parlaient pas. Hubert réfléchissait, cherchant le meilleur moyen de reprendre contact avec l'adversaire sans éveiller de suspicion. Il avait retenu deux possibilités. La première : aller trouver Lenihan chez lui, avec le prétexte de la disparition de Marion et de l'enquête de police. Le mettre au courant de ce que Enrique et lui-même avaient déclaré, lui suggérer de s'en tenir à cette version s'il était interrogé, en affectant d'ignorer l'intervention de l'enseigne de vaisseau Peter Mass. Il s'agirait de paraître inquiet, presque coupable, en tout cas prêt à toutes les compromissions pour éviter les ennuis… La seconde : retourner chez les Babins et, répondant à l'invitation formulée par Gordon, solliciter au tarif convenu la faveur d'une nouvelle nuit en compagnie de Pearl. Il s'agirait alors de se montrer honteux, tenaillé par sa conscience et par ses principes, mais incapable de résister au démon de la chair.

Hubert décida soudain que les deux entreprises n'étaient pas incompatibles et pouvaient fort bien être exécutées successivement dans la même soirée. Il dit à Enrique :

— On s'en va.

Comme tout agent spécial connaissant son métier, il avait payé les consommations aussitôt servies, afin d'être libre de partir sur l'instant en cas de nécessité. Ils descendirent de leurs tabourets et quittèrent l'établissement, suivis par les regards mornes des autres clients et du patron.

Le temps ne s'arrangeait pas et, s'il fallait en croire les prévisions météorologiques publiées dans les journaux et par la radio, il ne s'arrangerait pas avant plusieurs jours.

La Ford Zodiac noire était rangée devant le bar. Enrique et Hubert s'y introduisirent rapidement.

— J'ai l'impression que des champignons me poussent dans les oreilles et entre les doigts de pieds, grogna Enrique en démarrant.

Hubert, lui aussi, se sentait pénétré jusqu'aux os par l'humidité.

— Nous allons chez Lenihan, dit-il. Vous saurez retrouver la maison ?

— Le type aux films cochons ?

— Exactement.

— Bien sûr, affirma Enrique. J'y retournerais les yeux fermés.

Il fit fonctionner les essuie-glaces, alluma les feux de croisement.

— Seriez-vous en proie à la tentation ? questionna-t-il en manœuvrant le levier des vitesses.

Un sourire amusé éclaira le dur visage d'Hubert.

— Non, répliqua-t-il. Nous sommes simplement « désemparés » et nous avons besoin de savoir que la version de Lenihan concernant la disparition de Marion Anderson sera bien conforme à la nôtre si les flics l'interrogent…

— Compris, dit Enrique.

Ils y furent très vite. Mais, malgré son assurance, Enrique hésita, puis dépassa la maison sans s'en rendre compte. Il s'en aperçut au carrefour suivant et fit demi-tour.

— Arrêtez-vous ici, ordonna Hubert.

Il avait repéré une voiture en stationnement, tous feux éteints, qui devait abriter les hommes de Charles Eitzen. Mais, ce n'était pas cela qui l'avait incité à l'arrêt. Il lui avait semblé, au passage, voir quelqu'un ouvrir dans l'obscurité le portail du jardin de la maison de Lenihan.

— Éteignez tout, reprit-il.

Enrique obéit. Vingt secondes plus tard, la Ford Anglia jaune de Kenneth Lenihan sortit dans la rue et celui-ci descendit pour aller refermer la grille. Après quoi, il remonta dans sa voiture et repartit.

La voiture du service de sécurité démarra derrière.

— Prenez la file, dit Hubert.

Enrique suivit le mouvement. Lenihan les conduisit vers la ville basse puis, à gauche, prit la 885 en direction de Sandbank. Il roulait assez lentement, pas plus de 50 km/h ; mais cela posait tout de même de sérieux problèmes aux conducteurs des deux véhicules qui suivaient ses traces, tous feux éteints sous la pluie.

Lenihan s'arrêta presque à l'entrée du village et, abandonnant sa voiture sur le bas-côté, disparut à pied dans un chemin creux. La Chevrolet de la Sécurité navale et la Zodiac d'Hubert s'immobilisèrent à bonne distance.

— Venez avec moi, dit Hubert.

Enrique descendit en même temps que lui. Ils marchèrent rapidement sous la pluie jusqu'à la Chevrolet. Trois hommes massifs, engoncés dans leurs imperméables, les accueillirent fraîchement, formant un triangle pour ne pas se laisser surprendre. Hubert se préparait à de laborieuses explications lorsque l'un des agents spéciaux, qui l'avait vu chez Charles Eitzen, le reconnut.

— Je vais vous demander de rester ici, lui dit Hubert. Nous allons voir où il va. De toute façon, il reviendra sûrement par ici prendre sa voiture…

Hubert fonça dans le chemin creux, étroit, profondément encaissé entre deux hautes haies. Enrique suivait. Le vent sifflait avec assez de violence dans les arbres pour leur éviter tout souci de silence.

Le chemin s'incurvait à droite. Ils pressèrent le pas, autant que le permettaient les cailloux, les ornières et la boue gluante. Et, brusquement, Hubert étendit le bras pour arrêter Enrique.

À moins de cinquante mètres, une silhouette se hissait sur la barrière d'un champ, retombait de l'autre côté. Hubert et Enrique repartirent. Ils franchirent également la barrière et se retrouvèrent dans une prairie en pente. En contrebas, ils apercevaient des lumières et, plus loin, au milieu du loch, les feux du *Proteus*.

*

Kenneth Lenihan s'immobilisa derrière le garage de la maison Anderson. Il était à peu près certain que cette maison était surveillée, mais il pensait que les gens chargés de cette surveillance devaient se tenir à l'abri dans quelque voiture en stationnement, soit dans le chemin, soit sur la route. C'était pour cette raison qu'il venait de faire ce long détour à travers champs.

Il traversa la haie, dernier obstacle, et fut dans la cour. Le derrière de la maison était obscur ; mais, si Anderson était là, il pouvait se trouver dans une des pièces sur la façade. Lenihan fit le tour de la cour en longeant la haie et revint vers la porte en rasant le mur. Il tenait dans sa poche les clés prises à Marion. Il ouvrit sans bruit et pénétra dans la cuisine, refermant aussitôt le battant.

Il faisait chaud dans la maison, mais le brusque déclenchement de la chaudière à mazout surprit tout de même Lenihan, qui en eut le souffle coupé et resta le cœur battant à grands coups pendant quelques instants.

Puis, calmé, il baissa et déboutonna le col de son imperméable ruisselant, s'essuya longuement les pieds sur le paillasson et se dirigea à tâtons vers le living-room. Là seulement, il alluma sa lampe de poche, tamisant la lumière à travers ses doigts joints. Sans se presser, il monta l'escalier, atteignit le premier étage.

Un rai de lumière passait sous la porte de la chambre principale. Sans hésiter, Lenihan approcha et ouvrit la porte.

— Bonsoir, dit-il le plus naturellement du monde.

Everett Anderson était au lit, occupé à lire un journal. Il bondit, voulut se lever, puis reconnut Lenihan.

— Qu'est-ce que vous venez faire ici ? gronda-t-il. Comment êtes-vous entré ?

Lenihan referma la porte.

— Il fallait que je vous parle, répliqua Lenihan, au sujet de votre femme.

Il écarta les bras, regarda son imperméable trempé.

— Quel fichu temps, grogna-t-il.

Puis, il sortit de sa poche un flacon plat gainé de cuir et à demi plein de whisky.

— Excusez-moi, reprit-il, mais c'est encore le meilleur truc pour se réchauffer.

Il fit semblant de boire, puis essuya le goulot avec la paume de sa main. Pour avoir passé quelques soirées à traîner dans les bars avec Anderson, il savait que celui-ci n'était pas homme à refuser quelques gorgées de whisky. Il lui tendit le flacon.

— C'est du meilleur que vous avez bu chez moi, indiqua-t-il.

Anderson prit le flacon, mais il le posa sur la couverture, sans le lâcher.

— Qu'est-ce que vous avez à me raconter au sujet de ma femme ? J'espère bien qu'elle est allée au diable et qu'elle n'a pas l'intention de revenir…

Lenihan se demandait si son interlocuteur allait boire ou non. Mais, il dissimulait soigneusement son impatience.

— Je ne crois pas qu'elle ait l'intention de revenir, assura-t-il.

Anderson parut soulagé d'un grand poids. Il leva le flacon vers sa bouche, puis interrompit le mouvement pour questionner :

— Expliquez-moi tout de même comment vous êtes entré ici…

— C'est votre femme qui m'a donné ses clés…

— Ma femme ?... Pour quelle raison ?

Lenihan fit un geste apaisant.

— Je vais vous expliquer tout ça...

Le flacon monta encore de quelques centimètres.

— Pourquoi n'avez-vous pas sonné, comme tout le monde ? insista Anderson. Ce n'est tout de même pas une façon de s'introduire chez les gens...

Lenihan serra discrètement les poings. Il avait envie de l'assommer. Il se contint.

— Il y a des flics en surveillance devant chez vous, répondit-il. Je suis passé par-derrière pour qu'ils ne me voient pas. Si j'avais sonné, vous seriez descendu, vous auriez allumé la lampe de cour et ils auraient su que je venais vous voir...

Anderson reposa le flacon sur la couverture.

— Des flics devant chez moi ? Mais, pourquoi ?

Il semblait effrayé. Lenihan pensa qu'il n'aurait pas tenu longtemps le coup, soumis à un interrogatoire un peu dur, et qu'il n'y avait pas d'autre solution que celle dictée par Isobel.

— Ils vous soupçonnent sans doute d'être pour quelque chose dans la disparition de votre femme.

— Bon Dieu ! jura Anderson. Ils sont fous... J'ai un alibi absolument inattaquable.

— Ils pensent peut-être que vous avez eu un complice et ils attendent que ce complice vienne se faire payer.

— Bon Dieu ! jura de nouveau Anderson.

Et, sous l'effet de l'indignation, il leva enfin le flacon jusqu'à ses lèvres et but avidement, cinq ou six gorgées. Il s'essuya d'un revers de main et rendit le flacon à Lenihan qui le reboucha tranquillement, puis le remit dans sa poche.

— Maintenant, dit Anderson, allez-y. Je vous écoute…

Lenihan l'observait avec une grande attention. Le whisky que Anderson venait d'ingurgiter contenait une bonne dose d'un somnifère à grande puissance, le même qui avait endormi Hubert, Enrique et Peter Mass, quelques nuits auparavant. L'effet en était des plus rapides.

— Eh bien, dit lentement Lenihan, c'est une longue histoire…

Le regard d'Anderson se voilait, les muscles de son visage se relâchaient. Il faisait de visibles efforts pour garder la tête haute, mais elle lui échappa brusquement et tomba sur l'oreiller. Il voulut parler, mais ne put articuler un seul mot. Ses paupières se fermèrent irrésistiblement et il plongea dans un profond sommeil, la bouche grande ouverte.

Lenihan resta immobile encore quelques secondes. Puis, sans hâte, il sortit d'une poche une boîte d'allumettes et une pince de philatéliste. Il ouvrit la boîte et prit la guêpe qui tournait en rond sur le fond, les ailes collées. Au moyen de la pince, il saisit l'insecte par ses ailes réunies et se pencha sur Anderson.

Il estima qu'il ne voyait pas suffisamment clair et remit la boîte vide dans sa poche, d'où il ressortit sa lampe. Il éclaira la gorge d'Anderson, dont les maxillaires relâchés laissaient pendre la mâchoire inférieure. Puis, délicatement, il porta vers le fond du gosier de sa victime la guêpe qui se débattait et dardait furieusement son aiguillon venimeux.

Il l'enfonça brusquement, le plus loin qu'il put, retira sa pince, ramenant la guêpe. Il constata que celle-ci n'avait plus son aiguillon et qu'elle avait donc rempli sa mission. Il la renfonça aussi loin qu'il put dans le col de l'œsophage, car il pourrait y avoir une autopsie et il faudrait alors qu'on la retrouve.

Lenihan remit sa pince dans sa poche, gardant sa lampe. Il quitta la chambre, descendit au rez-de-chaussée et se rendit dans la cuisine, filtrant la lumière de sa lampe avec ses doigts. Arrivé dans la cuisine, il mit des gants et ouvrit le réfrigérateur dont l'intérieur s'éclaira automatiquement. Il se dépêcha de prendre une bouteille de bière entamée, referma et remonta dans la chambre.

Il fit sauter le bouchon de matière plastique rouge et le posa sur la table de chevet. Puis, il fit rouler la bouteille sur le lit. La bière se vida, inondant la couverture.

Anderson ne respirait plus qu'avec difficulté. L'enflure résultant de la piqûre de la guêpe devait déjà fortement comprimer la trachée-artère, qui ne tarderait pas à se trouver complètement obstruée. Lenihan le saisit par les cheveux et le tira hors du lit sur le tapis, entraînant le drap et les couvertures. Enfin, satisfait de sa mise en scène, il repartit et ressortit par où il était entré, refermant la porte à clé. Il remonta et reboutonna le col de son imperméable, ajusta sa casquette sur sa tête. Puis, rasant le mur, ensuite la haie, il entreprit de rejoindre sa voiture à travers champs, suivant le même itinéraire qu'il avait emprunté pour venir…

Il était très content de son travail ; si content qu'il ne prêtait plus qu'une attention distraite aux éléments déchaînés.

*

Dissimulés dans la chambre du rez-de-chaussée, Hubert et Enrique avaient entendu Lenihan repartir et refermer la porte. Hubert patienta encore une demi-minute, puis repassa dans le living-room. Tout était obscur et silencieux.

Hubert était entré dans la maison, accompagné d'Enrique, avec l'espoir de pouvoir écouter ce que Lenihan avait à dire à Anderson. Mais, une fois dans la place, il leur avait paru trop risqué de monter à l'étage derrière le visiteur nocturne. Puis, Lenihan était descendu chercher la bouteille de bière dans le réfrigérateur et ils avaient dû se cacher.

Hubert alluma sa lampe-stylo, braquée vers le sol. Enrique se rapprocha. Ils n'entendaient plus que le crépitement de la pluie et le hululement du vent autour de la maison.

Hubert était indécis. D'un côté, il regrettait de s'être laissé entraîner par son dynamisme naturel à suivre Lenihan jusque-là, courant ainsi le risque d'être démasqué et de voir sa couverture réduite à néant. Ce remords le poussait à quitter la maison sans plus attendre.

Mais, d'un autre côté, il pensait que l'adversaire pouvait avoir de bonnes raisons pour supprimer un Everett Anderson devenu dangereux. Et cela lui interdisait de repartir sans s'être assuré que l'ingénieur américain était sain et sauf.

— Restez ici, murmura-t-il à l'intention d'Enrique. Je vais jeter un coup d'œil là-haut.

Il se dirigea vers l'escalier. Les semelles de ses chaussures, en caoutchouc souple, étaient parfaitement silencieuses. Mais, de toute façon, les bruits conjugués du vent et de la pluie lui permettaient de se déplacer sans trop de précautions.

Il atteignit sans encombre le palier du premier étage et vit la lumière sous la porte de la chambre d'Anderson. Il continua d'avancer, rasant la cloison, tous ses sens aux aguets.

Arrivé devant la porte, il s'immobilisa, puis se courba pour coller un œil au trou de la serrure. Ce fut ainsi qu'il aperçut la tête et les épaules d'Everett Anderson gisant sur le tapis.

Il se redressa, ouvrit et entra. D'un rapide regard, il nota les différents détails de la scène : le corps de l'ingénieur tombé du lit et empêtré dans le drap et dans les couvertures trempées. Il sentit l'odeur de la bière, fit quelques pas jusqu'à Anderson, mit un genou en terre, retourna le corps...

Anderson n'était pas mort, son pouls battait encore faiblement. Le visage gonflé et violacé, les yeux révulsés sous les paupières, la bouche grande ouverte... Hubert pensa qu'il s'agissait d'une asphyxie. Aucune trace de strangulation. L'assassin avait-il employé un oreiller ? Il ne le semblait pas. D'ailleurs, pourquoi serait-il parti, dans ce cas, avant d'avoir achevé son œuvre ? Hubert, poursuivant son examen, éclaira la gorge d'Anderson. L'enflure considérable qu'il constata lui suffit pour établir un diagnostic très proche de la réalité.

Il siffla d'une certaine façon pour appeler Enrique, souleva Anderson et le reposa sur le lit. Enrique arriva et vint derrière Hubert sans poser de questions.

— Trouvez le téléphone, ordonna Hubert, appelez la permanence à terre et dites-leur que nous avons un besoin urgent du médecin du *Proteus*. Faites-leur comprendre que tout doit se passer dans la plus grande discrétion et faites prévenir Eitzen. Vite.

Enrique ressortit et Hubert l'entendit presque aussitôt dégringoler les escaliers. Anderson ne respirait pratiquement plus, son pouls devenait de plus en plus lent, de plus en plus léger. Hubert savait que l'obstruction de la trachée et le sectionnement d'une artère sont les deux seuls cas considérés en chirurgie comme d'extrême urgence. Il comprit que l'ingénieur serait mort bien avant l'arrivée du médecin du *Proteus*. À moins que…

Il n'y avait pas à hésiter et Hubert prit immédiatement la décision qui s'imposait. De toute façon, il n'y avait qu'un seul risque : celui de sauver la vie d'un homme dont le témoignage pouvait être important pour la solution de l'affaire en cours.

Hubert avait sur lui un couteau dont une des lames était aussi tranchante que celle d'un bistouri. Mais il lui fallait aussi une canule. Il chercha pendant quelques secondes, puis pensa que sa lampe-stylo pouvait très bien convenir. Il dévissa la partie lampe, puis la partie stylo, et il lui resta un tube de métal doré d'une longueur de sept à huit centimètres et d'un bon centimètre de diamètre.

Il fonça dans la salle de bains, alluma, ouvrit l'armoire à pharmacie, prit un paquet de compresses aseptisées, un flacon d'alcool à 90 degrés qu'il utilisa pour stériliser ses mains, la lame de son couteau et la canule improvisée. Il revint auprès d'Anderson qui avait maintenant toutes les apparences d'un cadavre. Il nettoya la base du cou et pratiqua une légère incision. Le sang jaillit. Il écarta les lèvres de la plaie, fendit plus profondément, prenant garde à ne sectionner aucune grosse veine ni aucun nerf. Il atteignit rapidement la trachée, derrière l'œsophage, enfonça la pointe de son couteau entre deux anneaux cartilagineux.

Lorsque le trou lui parut suffisant, il prit la « canule » et l'introduisit dedans. Il tassa un pansement autour afin d'éponger le sang. Puis, il monta sur le lit, s'agenouilla par-dessus Anderson et entreprit de pratiquer sur celui-ci la respiration artificielle…

Enrique remonta.

— Eitzen et le toubib seront là dans dix minutes, annonça-t-il.

Il découvrit soudain le tube doré émergeant de la gorge ouverte d'Anderson.

— Qu'est-ce que vous lui avez fait ? s'inquiéta-t-il.

— Une trachéotomie, répondit Hubert.

Les yeux d'Enrique s'arrondirent.

— Hein ? fit-il.

— Une trachéotomie, répéta Hubert. Vous ne savez pas ce que c'est ?

— Heu… si, bredouilla Enrique. Vous voilà chirurgien, maintenant ?

— On fait ce qu'on peut. De toute façon, ce pauvre type allait nous claquer dans les mains d'un instant à l'autre…

Enrique n'en revenait toujours pas. Il semblait fasciné par la canule improvisée qui laissait entrer puis ressortir l'air au rythme des mouvements pratiqués par Hubert.

— Ne restez pas planté là, lança soudain celui-ci. Descendez plutôt pour accueillir Eitzen et le médecin et veiller à ce que tout se passe le plus discrètement possible. Il ne faut pas que les voisins s'aperçoivent de quoi que ce soit. Surtout, pas de remue-ménage.

Enrique descendit. Hubert continua son œuvre de réanimation. Il sentit enfin que la poitrine d'Anderson se soulevait puis s'abaissait toute seule. Il n'en continua pas moins les mouvements.

Charles Eitzen et le médecin arrivèrent une dizaine de minutes plus tard, accompagnés d'un chauffeur-infirmier. Le médecin approuva ce qu'avait fait Hubert, constata que l'ingénieur respirait maintenant presque normalement mais qu'il semblait être sous l'emprise d'un somnifère. L'infirmier alla chercher un brancard et ils emportèrent Anderson. Hubert dit à Enrique de l'attendre en bas et resta seul avec Charles Eitzen. Il fit à celui-ci le récit de ce qui s'était passé.

— Nous avons donc une preuve contre Lenihan, répliqua l'officier de sécurité.

— Une preuve de crime, mais pas d'espionnage, précisa Hubert. Et nous ne sommes pas des inspecteurs de police judiciaire. Il faut laisser courir Lenihan…

— Mais, quand il va savoir que Anderson n'est pas mort ?

— Il ne le saura pas. Vous allez mettre Anderson au secret et obtenir du médecin et de l'infirmier qu'ils restent bouche cousue. Dans la matinée, quelqu'un s'apercevra sûrement de l'absence d'Anderson à son travail…

— Non, intervint Eitzen. C'est dimanche.

— Excusez-moi. Alors, vous viendrez vous-même ici, sous prétexte de l'interroger au sujet de sa femme, et vous le découvrirez… Je veux une évacuation dans les règles, avec le plus de publicité possible. Un de vos gars pourra jouer le rôle du cadavre ; vous le recouvrirez d'un drap. Il faudra immédiatement prévenir la radio et les journaux locaux. Un communiqué officiel…

— Vous savez que la porte en bas était fermée à clé ? Votre chauffeur nous a fait entrer par la fenêtre.

— Vous casserez un carreau ou vous ferez ouvrir la porte par un serrurier. Aucune importance. La voiture étant au garage, vous vous serez inquiété du silence d'Anderson…

Eitzen approuva d'un signe de tête.

— Et… la cause de la mort ?

Hubert eut un geste d'impuissance :

— Ça va, mon vieux, demandez au toubib.

7

La Ford Zodiac noire s'immobilisa le long du trottoir à cinquante mètres de la maison des Babins. Enrique éteignit les phares, ne laissant que les feux de position, arrêta les essuie-glaces puis le moteur. Ils n'entendirent plus que le martèlement de la pluie sur les tôles de la voiture.

— Je suis désolé, dit Hubert, mais il faut que vous m'attendiez ici et cela risque de durer longtemps.

— Je suis payé pour ça, répondit philosophiquement Enrique. Mais, je me permettrai tout de même de vous faire remarquer que ce n'est pas une heure pour rendre visite aux gens.

— Il n'y a pas d'heure pour les braves, riposta sentencieusement Hubert. Vous devriez le savoir.

— Si j'ai bien compris, reprit Enrique, vous avez l'intention cette fois-ci de « connaître » réellement cette ravissante jeune personne ?

— J'ai cette intention, admit Hubert.

— Je vous souhaite bien du plaisir.

— Vous êtes trop bon.

— Et même, si j'avais une bible, je prierais pour vous.

— Achetez-en une et mettez-la sur votre note de frais, qu'on n'en parle plus.

— J'y penserai.

Hubert remit sa casquette sur sa tête, releva le col de son imperméable et ouvrit la portière.

— Bonne nuit, dit-il gentiment.

— Salaud, murmura Enrique.

À demi sorti de la voiture, Hubert se retourna.

— Vous disiez ?

— Rien, rien du tout, affirma Enrique.

— Mais si, insista Hubert.

— Je disais qu'il tombait de l'eau.

— Sans blague ?

Hubert descendit et referma la portière, au grand soulagement d'Enrique. Il marcha rapidement jusqu'à la maison des Babins et appuya aussitôt son pouce sur le bouton de cuivre de la sonnette. Si les renseignements fournis par Eitzen étaient exacts, Moira Babins était toujours à Glasgow et, seuls, Gordon et Pearl devaient se trouver là.

Une camionnette tôlée était rangée à quelque distance et Hubert pensa qu'elle devait être occupée par les hommes de Charles Eitzen qui surveillaient le domicile des Babins par des trous spécialement aménagés dans la carrosserie. Par simple curiosité, il découvrit le cadran lumineux de sa montre et l'orienta vers la camionnette. Les chiffres et les aiguilles prirent alors une phosphorescence anormale et Hubert sut que les agents de la Sécurité navale disposaient d'un projecteur de rayons infrarouges grâce auquel ils devaient être en train de le photographier.

Il battait la semelle, essayant de réchauffer ses pieds humides et glacés, puis il s'enfonça dans l'encoignure de la porte pour se mettre à l'abri du vent et de la pluie.

Le temps passait et il n'y avait aucune réaction à son coup de sonnette. Il recommença et laissa son pouce sur le bouton pendant une vingtaine de secondes. Il entendait le timbre grêle à l'intérieur de la maison.

Enfin, une voix s'éleva de l'autre côté du battant.

– Qu'est-ce que c'est ?

– Je m'excuse de vous déranger, répondit Hubert d'un ton volontairement mal assuré. Mais, vous m'aviez dit de revenir quand je voudrais…

– Qui êtes-vous ?

– C'est moi qui suis venu l'avant-dernière nuit, avec mon chauffeur… Vous vous rappelez ?

– Ah ! oui…

Il y eut des bruits de verrous. La porte s'ouvrit. Tout était obscur.

– Je n'allume pas, expliqua Gordon, à cause des voisins…

Hubert entra. Le nain referma, puis actionna le commutateur électrique pour éclairer la pièce. Il était en pyjama, le cheveu hirsute, les yeux gonflés de sommeil. Pas aimable.

– Qu'est-ce que vous voulez ? questionna-t-il brutalement. Ce n'est tout de même pas une heure pour venir chez les gens.

Hubert aurait aimé pouvoir rougir. Il prit un air embarrassé, baissa les yeux.

– Je… j'avais cru comprendre que… que je pouvais… venir n'importe quand.

– Sans blague ? riposta Gordon. Pour quoi faire ?

– Eh bien… je… Enfin, j'ai… pensé, beaucoup pensé, à mademoiselle votre sœur et…

À ce stade, le nain était obligé de comprendre.

– Bon, dit-il, vous avez été pris d'un revenez-y.

— Oui, avoua pudiquement Hubert qui s'amusait beaucoup intérieurement.

Gordon se gratta furieusement le sommet du crâne.

— Vous auriez pu prévenir, mon vieux. Ma sœur dort et je ne sais pas comment elle va prendre ça…

— Si vous vouliez avoir l'amabilité de lui poser la question…

— Je vais sûrement me faire engueuler, reprit Gordon. Vous avez de l'argent ?

— Bien sûr, affirma précipitamment Hubert.

— Bon, attendez une minute.

Il disparut. Hubert l'entendit monter. Il s'assit bien sagement, se gardant de sourire car il craignait d'être observé. Gordon revint assez vite, l'air ennuyé.

— Elle n'est pas chaude, expliqua-t-il. Mettez-vous à sa place…

Hubert devina ce qui allait suivre et il prit un risque calculé.

— Je suis navré de vous avoir dérangé, bredouilla-t-il. Je reviendrai une autre fois…

Il se leva gauchement, laissa tomber sa casquette qu'il avait ôtée, se baissa pour la ramasser.

— Excusez-moi…

Gordon le considérait avec un mépris à peine dissimulé.

— Il y aurait peut-être un moyen d'arranger ça, reprit-il. Les filles, c'est toujours sensible à l'argent…

Le visage mobile d'Hubert exprima un nouvel espoir.

— Vous croyez que… vraiment ?… Combien faudrait-il ?

— Avec vingt livres, je pense que ça irait.

Hubert se dit que le nain le prenait non seulement pour une cloche, mais aussi pour une poire. C'était parfait. Il eut néanmoins un haut-le-corps.

— Vingt livres ! C'est beaucoup…

— Alors, n'en parlons plus, coupa Gordon en marchant vers la porte.

— Un instant !… Je… j'accepte.

Le nain revint.

— Payables d'avance, bien entendu.

Il tendit la main. Fébrile, Hubert sortit de sa poche revolver deux liasses de billets de cinq livres. Il en détacha quatre, les tendit à Gordon. Le nain prit les billets, mais il regardait avec avidité les liasses qu'Hubert remettait dans sa poche.

— Suivez-moi, dit-il enfin. Elle va vous recevoir dans sa chambre…

Hubert hésita. Il dit, très gêné.

— Vous savez, je suis marié et j'ai des enfants… cinq enfants. Je compte sur votre discrétion. Si l'on savait que… cela serait une catastrophe. Vous comprenez ?

Une lueur diabolique éclaira un court instant les yeux globuleux de Gordon.

— N'ayez aucune crainte, répliqua-t-il d'un ton patelin. Nous sommes la discrétion même.

Hubert le suivit à l'étage, puis dans la chambre de Pearl Babins dont la porte était restée ouverte. C'était une chambre au décor romantique, toile de Jouy et meubles anciens, assez agréable. Assise dans le grand lit, le dos calé par des oreillers, Pearl attendait. Hubert devina qu'elle s'était hâtivement donné un coup de peigne. Elle paraissait à peine quatorze ans et on lui aurait facilement donné le bon Dieu sans confession.

— Bonsoir, dit-elle gentiment.

— Bonsoir, bredouilla Hubert.

— Eh bien, je vous laisse, intervint Gordon. Bonne nuit.

Il recula, tirant le battant. Le pêne claqua. Hubert regarda la porte, puis la jeune fille. « J'espère qu'elle a vraiment dix-huit ans », pensa-t-il.

— Je suis contente que vous soyez revenu, dit-elle. Vous me plaisez bien.

Il sourit, fit un mouvement de tête.

— Ne soyez pas timide, reprit-elle. Déshabillez-vous et venez près de moi…

Hubert respira fortement, baissa les yeux.

— Je préférerais que vous éteigniez la lumière, avoua-t-il.

Elle retint mal une forte envie de rire.

— Comme vous voulez…

Et elle fit l'obscurité.

*

Hubert terminait de se rhabiller. Le jour se levait et un peu de lumière grise et sale pénétrait dans la pièce à travers les rideaux. Pearl bougea.

— Quelle heure est-il ? demanda-t-elle d'une voix ensommeillée.

— Dans les six heures, répondit Hubert.

— Pourquoi partez-vous si tôt ?

— Je… Je n'aimerais pas que quelqu'un me voie sortir d'ici.

Pearl se souleva légèrement pour le regarder, mais elle ne vit que la silhouette floue d'un homme grand et svelte qui enfilait sa veste. Elle laissa retomber sa jolie tête blonde sur l'oreiller. Elle essayait de comprendre. Dans l'amour, un être se livre toujours beaucoup plus qu'il ne peut le faire dans la vie courante et Pearl pensait qu'il y avait une dissonance dans celui-là. Son corps, ses muscles, sa façon d'aimer, ne cadraient pas avec son personnage de père de famille, catholique et puritain. Il lui plaisait tel qu'elle venait de le connaître au lit, infiniment, et elle l'aurait volontiers gardé comme amant.

— Vous reviendrez ? questionna-t-elle.

Il hésita.

— Peut-être…

— Revenez, reprit-elle. J'ai envie que vous reveniez.

Sincère. Il prit son imperméable qui avait séché sur le dos d'un fauteuil, puis sa casquette, revint près du lit.

— Il faut que je parte…

Elle se dressa sur un coude, leva son autre bras et saisit Hubert à l'épaule pour l'obliger à se courber vers elle. Il l'embrassa. Elle lui mordit la bouche.

— Reviens la nuit prochaine, insista-t-elle.

— J'essaierai.

Hubert se dégagea, ouvrit doucement la porte sur le couloir obscur.

— Le bouton est à droite, un peu plus loin, souffla-t-elle.

Il le trouva, alluma, revint fermer la porte. À cet instant, une autre porte s'ouvrit et Gordon apparut, toujours en pyjama, les cheveux peignés.

— Je vais vous ouvrir, annonça-t-il.

Il passa le premier, éclaira le living-room lorsqu'ils furent en bas.

— Au fait, dit-il brusquement, j'ai quelque chose à vous montrer.

Hubert s'immobilisa. Le nain disparut un instant dans une pièce voisine, puis revint, tenant entre le pouce et l'index le coin d'une photographie de format 13 × 18.

— Regardez ça…

Son visage boursouflé était impassible, mais une lueur de cruelle ironie dansait au fond de ses prunelles sombres. Hubert saisit la photographie et se déplaça légèrement pour mieux prendre la lumière du plafonnier. Il cessa de respirer et, cette fois, ce n'était pas de la comédie. « Nous y voilà », pensa-t-il.

Le document représentait trois personnages nus sur un lit, deux hommes et une femme. Hubert, Enrique et Pearl, dans des positions qui faisaient au moins honneur à l'imagination du metteur en scène. Hubert imprima un léger tremblement à ses mains et il retenait toujours sa respiration afin de faire monter le sang à son visage.

— Vous vous reconnaissez ? gouailla le nain.

Comment aurait-il pu ne pas se reconnaître ? Seule des trois, Pearl n'était guère identifiable, mais les deux hommes avaient été pris de face, au moins pour ce qui concernait la tête et, s'ils fermaient tous les deux les yeux, cela pouvait être mis au compte d'un excès de volupté. Hubert avala ostensiblement sa salive.

— Qui… qui a pris cela ? articula-t-il avec difficulté.

— C'est moi, répondit simplement Gordon. Mais, si elle vous intéresse, je suis prêt à vous la vendre… avec le négatif bien entendu.

Hubert essayait de paraître effrayé.

— Combien ? murmura-t-il.

— Pas cher… Comme vous m'êtes sympathique, ça sera seulement cent livres.

— Vous êtes fou ! protesta Hubert.

Gordon haussa les épaules.

— Il faut bien vivre.

Hubert réfléchissait. Il n'avait pas imaginé que l'affreux nain se contenterait de lui demander de l'argent ; mais sans doute celui-ci était-il seulement en train de lui mettre le doigt dans l'engrenage. Il n'avait sûrement pas pris que cette photo-là. Une fois celle-ci payée, le prix demandé pour les autres serait d'un ordre différent.

— Je n'ai pas une pareille somme sur moi, dit sourdement Hubert.

— Mais si, protesta Gordon presque gaiement. Vous avez deux liasses dans votre poche revolver.

— Mais, j'en ai déjà pris, pour…

— Vous avez bien un petit quelque chose dans votre portefeuille ?

Docile, Hubert sortit son portefeuille et en fit l'inventaire. Il y trouva huit livres et quelques shillings. Il prie les quatre-vingts livres qui restaient dans la poche de son pantalon.

— C'est tout ce que j'ai…

Gordon le délesta d'une main preste.

— Ça ira comme ça, décida-t-il. Prix d'ami.

Il disparut de nouveau dans la pièce voisine et ramena un négatif 6 × 6 qu'il remit à Hubert.

— Voilà. Comme ça, vous pourrez en faire tirer d'autres pour vos amis, plaisanta-t-il lourdement.

— Ne riez pas, grogna Hubert. J'ai tellement honte… Nous devions être abominablement ivres.

— Pour ça, oui !

Le nain marcha vers la porte, éteignit la lumière, ouvrit. Dehors, une aube grise se levait. La pluie avait cessé, mais la chaussée était encore humide d'une averse récente et le vent soufflait toujours avec la même violence.

— Dépêchez-vous, dit Gordon.

Et, comme Hubert passait furtivement devant lui, il ajouta :

— Que cela ne vous empêche pas de revenir. Vous serez toujours le bienvenu et je vous promets de ne plus vous tirer le portrait.

Il éclata de rire, un rire grinçant qui obligea Hubert à se contenir, car ce rire-là, ajouté au reste, lui donnait envie de cogner.

La camionnette de la Sécurité navale était toujours au même endroit, un peu plus haut à droite. Hubert descendit vers la gauche et retrouva Enrique dans la Zodiac.

– Vous vous êtes bien amusé ? s'enquit hypocritement celui-ci.

– Très bien, merci.

Un peu déçu par le laconisme de la réponse, Enrique demanda :

– On rentre à l'hôtel ?

– Déposez-moi au débarcadère, pour le *Proteus*. Ensuite, vous pourrez aller dormir. Je vous appellerai si j'ai besoin de vous.

– Vous êtes bien bon, riposta Enrique en actionnant le démarreur.

*

Il était aux environs de dix heures, ce dimanche matin, lorsque Moira Babins arriva chez elle, retour de Glasgow. Le dimanche était un jour de contact habituel avec David, *alias* Kenneth Lenihan, et Moira, en l'absence d'instructions contraires, voulait être au rendez-vous.

Gordon et Pearl dormaient encore lorsqu'elle entra dans la maison. Parce qu'elle avait froid, elle décida de prendre un bain et fit couler l'eau pendant qu'elle se déshabillait dans sa chambre.

Le miroir au-dessus de la cheminée lui renvoyait son image. Sans plaisir, elle constata que son ventre se relâchait, que ses seins s'affaissaient. Elle était pourtant encore bien faite, malgré ses quarante ans, son défaut le plus grave étant un système pileux anormalement développé qui l'obligeait à se raser régulièrement les jambes, jusqu'au sommet des cuisses. Gordon affirmait aimer cela lorsque les poils commençaient à repousser. Gordon avait des goûts bizarres.

Elle se plongea dans le bain chaud, voluptueusement. La porte s'ouvrit et Gordon entra.

— B'jour, maman, lança-t-il.

Elle avait essayé de lui faire perdre l'habitude de l'appeler maman quand ils étaient seuls, mais il avait refusé, prétextant la sécurité. Il risquait de commettre des impairs en public, disait-il, si l'automatisme n'était pas établi. C'était sans doute vrai, mais la vérité était aussi qu'il prenait un étrange plaisir à l'appeler ainsi dans les moments les plus intimes.

— L'Américain est revenu cette nuit, annonça-t-il.

Moira fronça les sourcils.

— J'espère que tu l'as renvoyé, répliqua-t-elle. Les consignes de David...

— Non, fit-il d'un ton léger. Il plaît bien à Pearl et j'ai pensé qu'il aurait pu trouver drôle que ça ne marche plus, tout d'un coup.

Il gloussa.

— Quel con, ce type ! Si tu l'avais vu ! Il portait le péché sur sa figure. Je te parie tout ce que tu veux qu'il est en ce moment même en train de se confesser.

— Tu n'aurais pas dû...

Il vint se pencher sur elle, l'embrassa, la caressa dans l'eau.

— Je lui ai même vendu une photo, enchaîna-t-il avec désinvolture. Si tu avais vu sa tête !

Moira sursauta violemment, puis le repoussa.

— Tu es fou ! Mais, tu es complètement fou ! Tu savais bien qu'il ne fallait pas le faire.

Il se redressa, pirouetta sur la pointe des pieds, haussant sa petite taille.

— Mais non, je ne suis pas fou. Je lui ai simplement demandé de l'argent et il a payé. Nous savons maintenant qu'il cède au chantage. Il cédera pour le reste quand le moment sera venu.

Moira le considérait avec une inquiétude non dissimulée.

— Tu me fais peur, murmura-t-elle.

8

Hubert Bonisseur de la Bath entra dans le bureau de Charles Eitzen, qui allumait une cigarette tout en écoutant la radio. Le lieutenant de vaisseau éteignit le poste et sourit à Hubert.

— Bien dormi ?

— Très bien, je vous remercie de m'avoir prêté votre cabine.

Eitzen fit un geste de la main, signifiant que c'était la moindre des choses.

— J'écoutais les informations, dit-il. Ils ont annoncé la mort d'Anderson… Mort accidentelle provoquée par la piqûre d'une guêpe avalée par mégarde avec une gorgée de bière.

Hubert haussa les sourcils.

— C'est vrai ?

— Absolument. Le toubib a retiré l'animal.

— Les guêpes sont pourtant rares, ici. Avec cette température !

— On en trouve quelquefois dans les fruits qui nous arrivent de Londres. Elles sont engourdies, mais il suffit d'un peu de chaleur pour les ranimer.

— Ce que je ne comprends pas, c'est comment Lenihan a pu faire avaler cette guêpe à Anderson et pourquoi celui-ci n'a pas hurlé à l'instant de la piqûre. Nous étions au rez-de-chaussée, dans la maison, et...

— Anderson était endormi. Il avait ingurgité un somnifère très puissant, probablement le même que vous aviez goûté chez Lenihan l'autre nuit.

— Vous m'en direz tant !... Il faut tout de même reconnaître que ce Lenihan possède une certaine imagination. S'il ne finit pas pendu, il faudrait l'engager comme gagman[1].

Le téléphone sonna. Eitzen décrocha.

— Allô, j'écoute... *Okay !* merci.

Il raccrocha.

— Anderson est réveillé, annonça-t-il. Vous voulez le voir ?

— Oui. En tête à tête, si possible.

— Comme vous voudrez.

Hubert rafla un carnet de notes et un crayon à bille sur le bureau.

— Vous permettez ?

Il suivit Eitzen. Ils parcoururent une coursive interminable, remontèrent un étage, arrivèrent à l'infirmerie. Le médecin les accueillit dans son bureau.

— Il va aussi bien que possible, assura-t-il. J'ai dû arranger un peu la plaie et prendre des mesures antiseptiques... changer la canule aussi.

Il sourit en regardant Hubert.

— Vous auriez fait un bon chirurgien, continua-t-il. Vous avez des dispositions.

Hubert lui rendit son sourire.

---

1. Homme engagé par un service de renseignement pour inventer des objets à usages spéciaux (par exemple, le stylo-revolver) ou élaborer des mises en scène ou des provocations destinées à tromper un adversaire.

— Il n'y avait pas grand risque, répondit-il. Simplement celui de sauver ce type et... il pouvait nous être utile.

Le médecin ouvrit un tiroir, en sortit un cylindre de métal doré et le tendit à Hubert.

— Tenez, vous allez pouvoir reconstituer votre lampe-stylo.

— Merci, dit Hubert. Maintenant, j'aimerais voir Anderson en tête à tête...

— C'est possible. Mais, je vous préviens... Il ne sera pas capable d'articuler un mot avant longtemps.

Hubert se mit à rire. Des pattes-d'oie se creusèrent au coin de ses yeux.

— Je le sais bien, mais il pourra peut-être écrire.

Le médecin ouvrit la porte.

— Venez.

Ils avaient installé Everett Anderson dans une cabine isolée et gardée par un marin. Hubert entra. La porte se referma derrière lui. Il regarda Anderson étendu à plat dos dans le lit, le cou entouré d'un bandage d'où émergeait l'extrémité d'une canule en argent. Le teint cireux, les yeux vagues, l'ingénieur ne paraissait pas en très grande forme. Hubert vint tout près de lui.

— Comprenez-vous ce que l'on vous dit ? demanda-t-il. Si vous le comprenez, faites oui en fermant les paupières.

Anderson ferma les yeux, une seconde.

— Je suis le colonel Hubert Bonisseur de la Bath, de la Central Intelligence Agency...

Une lueur d'effroi éclaira un instant les yeux ternes d'Anderson.

— C'est moi qui vous ai sauvé la vie cette nuit. Kenneth Lenihan vous avait fait prendre un somnifère et ensuite il vous a introduit une guêpe dans la gorge. La guêpe vous a piqué et vous seriez mort étouffé si je ne vous avais fait une trachéotomie avec les moyens du bord... Vous avez compris ?

Avec un temps de retard, Anderson ferma les yeux, les rouvrit.

— Lenihan, continua Hubert, a essayé de vous tuer parce qu'il savait que nous vous soupçonnions et qu'il avait peur que vous ne parliez.

Anderson détourna son regard. Hubert entendait le sifflement régulier de l'air passant et repassant dans la canule.

— Cette tentative d'assassinat est la preuve qui nous manquait. Nous sommes maintenant convaincus que vous avez accepté de travailler pour un service de renseignement étranger, probablement sous la contrainte d'un chantage... Nous vous avons vu entrer chez les Babins et nous connaissons le rôle de la famille Babins dans cette affaire. Je vous demande simplement de me dire ce qu'ils vous ont demandé et ce que vous avez fait... Comme il vous est impossible de parler, vous allez écrire.

Il posa le bloc-notes sur le ventre de l'ingénieur et lui mit le crayon-bille dans la main droite.

— Allez-y... Ce qu'ils ont exigé de vous et ce que vous leur avez donné.

Immobile, Anderson avait fermé les yeux et ne les rouvrait plus. Hubert insista :

— Notre conviction est faite et il ne nous manque plus que les détails. Si vous vous montrez coopératif, nous ferons en sorte que cela s'arrange aussi bien que possible pour vous. Allez-y.

L'ingénieur rouvrit les yeux. Sa main gauche tâtonna pour trouver le bloc-notes. Il écrivit maladroitement, sans pouvoir regarder ce qu'il faisait : « JE N'AI RIEN À DIRE. »

Hubert soupira. Il avait espéré que tout se passerait bien.

— Je suis désolé que vous fassiez votre tête de cochon, reprit-il d'une voix anormalement douce. Vous allez m'obliger à employer les grands moyens et Dieu sait pourtant que je n'aime pas ça.

Il soupira de nouveau.

— Ce que j'ai fait cette nuit, je peux le défaire maintenant. Je peux arracher la canule qui vous permet de respirer et m'en aller en donnant des ordres au planton pour ne laisser entrer personne jusqu'à nouvel ordre.

Les yeux d'Anderson parurent s'agrandir. Instinctivement, il lâcha le bloc et le crayon et ramena ses mains devant son cou pour une illusoire protection. Hubert lui saisit les poignets et, sans peine aucune, les réunit dans sa seule main gauche. Sa main droite descendit lentement vers la canule.

— Si vous êtes décidé à tout me raconter, fermez fortement les paupières. Je compte jusqu'à cinq.

Il compta. Son visage de prince pirate avait pris la densité du marbre ; ses yeux clairs, la dureté de l'acier. Ses doigts touchèrent la canule, très légèrement, mais Anderson ne pouvait pas ne pas le sentir. Épouvanté, l'ingénieur abaissa vivement ses paupières et les tint serrées. Hubert lui lâcha les mains, lui redonna le bloc et le crayon.

— Allez-y, ordonna-t-il.

Vaincu, Everett Anderson se mit à écrire. Ses doigts tremblaient et une sueur glacée couvrait son visage livide…

*

Kenneth A. Lenihan arrêta sa voiture à quelque distance du poste de police de Sandbank. Dix minutes plus tôt, il avait entendu un bulletin d'informations de la radio au cours duquel la mort « accidentelle » de l'ingénieur américain Everett J. Anderson avait été annoncée. Lenihan était satisfait. Il était absolument convaincu que personne ne pourrait jamais prouver qu'il y avait eu crime ; d'autant moins que le somnifère employé pour endormir Anderson ne laissait aucune trace dans les viscères.

Il descendit de la voiture, referma doucement la portière. Il n'avait pas plu de toute la matinée, ce qui était presque un miracle, mais le ciel restait couvert et menaçant et le vent soufflait toujours avec la même violence.

À Sandbank, le poste de police n'est séparé de l'église que par un cimetière désaffecté. Lenihan passa devant, sans crainte aucune, puis jeta un coup d'œil sur le cimetière qui n'est plus aujourd'hui qu'une pelouse bien entretenue d'où émergent çà et là de vieilles pierres tombales brunies et rongées par les intempéries.

D'autres voitures arrivaient et des gens s'étaient agglutinés devant l'église. Lenihan consulta sa montre, l'office ne devait pas encore être commencé.

Il chercha Moira Babins dans la foule, mais ne la vit pas. Peut-être était-elle déjà entrée. Lenihan s'arrêta au milieu des autres et se mit à bourrer tranquillement une pipe, comme s'il attendait quelqu'un. Ce contact fixe tous les dimanches matin à l'église était une de ses idées. En plus des estivants, beaucoup de gens venaient passer le week-end sur les rives du Holy Loch, des gens de Glasgow et d'ailleurs, et pour cette raison les habitants de Sandbank ne prêtaient qu'une attention distraite aux « étrangers ».

Lenihan eut soudain son attention attirée par des voix typiquement américaines qui résonnaient derrière lui. Il alluma sa pipe avec un briquet-tempête, se gardant bien de se retourner. Il s'agissait probablement de marins ou de techniciens du *Proteus* et ils discutaient de la mort d'Everett J. Anderson. Soudain, l'un d'eux, baissant la voix, intervint :

— Écoutez, les gars, je ne devrais pas vous le dire, mais…

Lenihan remit son briquet dans sa poche et tourna légèrement la tête. Il essayait d'entendre avec une telle intensité qu'il eut l'impression que son oreille se décollait et volait vers la bouche de l'homme, lequel reprenait, toujours sur le même ton confidentiel :

— Vous me jurez de ne rien répéter, hein ?

— Sûr ! répondirent les autres avec la même avidité.

— Eh bien, cette nuit, c'est moi qui ai accompagné le toubib chez Anderson… sur un coup de téléphone. Il devait être entre minuit une heure et y avait déjà quelqu'un sur place, quelqu'un qu'avait fait une trachéotomie à Anderson. On l'a transporté sur le *Proteus* et je peux vous affirmer qu'il est actuellement tiré d'affaire…

Lenihan ne respirait plus et sa pipe menaçait de s'éteindre.

— Mais alors ? s'étonna un des Américains, pourquoi ont-ils annoncé sa mort ?

— Ça, mon petit père, je n'en sais rien. À moi-même, on a demandé de la boucler… Peut-être que c'est à cause de la disparition de sa femme… Peut-être qu'ils espèrent qu'elle va revenir si elle croit qu'il est mort. Je vois que ça.

— Mais, objecta un autre, le gars qui l'a opéré avant que vous arriviez, il peut parler, non ?

— Non, c'est un gars de chez nous, l'ingénieur de la GE qu'est arrivé y'a deux ou trois jours… Comment est-ce qu'il s'appelle déjà ?

— La Verne ?

— C'est ça, La Verne. Mais, attention les gars, vous la bouclez, hein. Sinon, je vais me faire engueuler.

Ils s'éloignèrent vers le porche de l'église. Atterré, Lenihan ne bougeait pas, indifférent au mouvement des fidèles qui se disposaient tous à entrer. Il était blême et ses genoux tremblaient. Il essayait vainement de réfléchir, mais il avait l'impression que son cerveau tournait à vide dans son crâne. Une femme et un enfant qui arrivaient le regardèrent curieusement. Il pivota sur lui-même et les suivit, mécaniquement, à l'intérieur du temple.

*

Hubert Bonisseur de la Bath entra dans le bureau de Charles Eitzen et jeta sur la table le bloc-notes couvert d'une écriture déformée, maladroite, presque monstrueuse.

— Anderson a vidé son sac, annonça-t-il. Et c'est beaucoup plus grave que nous ne le pensions. Nous n'avons pas affaire uniquement à un réseau de renseignement, mais à une entreprise de sabotage. Ils lui ont demandé de remplacer certaines pièces du système de guidage par inertie des fusées Polaris par d'autres, apparemment semblables, qu'ils lui avaient remises…

— Qu'ils lui *avaient* ? releva Eitzen.

— Oui. Elles étaient dans une boîte, dans le garage d'Anderson. Ils ont repris la boîte la nuit de la disparition de Marion Anderson, craignant sans doute les investigations de la police… Leur but est clair. Nos sous-marins nucléaires armés de fusées Polaris à tête atomique constituent notre meilleure force de frappe, les Russes ne pensent qu'à les neutraliser. Or, si l'on peut arriver à troubler un système de guidage par radio, il n'y a rien à faire contre un système par inertie... Rien, sauf saboter ce système afin qu'il ne puisse fonctionner correctement le jour J. C'est ce qu'ils ont essayé de faire et ils ont été bien près de réussir.

Charles Eitzen était devenu pâle. Il se leva et roula ses larges épaules, comme s'il se sentait brusquement à l'étroit dans sa veste d'uniforme.

— Bon Dieu ! fit-il.

Il marcha jusqu'au hublot, regarda un court instant les maisons de Kilmun et le petit cimetière étagé au flanc de la colline.

— Il faut les boucler, reprit-il en se retournant. Un bon coup de filet. La déposition d'Anderson nous suffit.

Hubert secoua négativement la tête.

— Excusez-moi, Charles, mais je ne suis pas de votre avis. Nous ne connaissons que les comparses et il nous faut la tête...

— Et vous croyez que Lenihan va nous y conduire ?

— Je le crois, répliqua Hubert. Il suffit de lui donner une information suffisamment importante pour le pousser à contacter son chef de réseau. Je vais m'en charger.

— Et s'il se méfie ?

— Il doit déjà avoir reçu confirmation de la mort d'Anderson. Il n'a aucune raison de se méfier...

*

L'office terminé, l'église se vidait lentement de ses fidèles. Lenihan aperçut Moira Babins et s'arrangea pour la rejoindre. Dehors, beaucoup de gens se saluaient et se mettaient à bavarder de choses et d'autres. Lenihan et Moira firent de même, le plus naturellement du monde, veillant toutefois à ce qu'aucune oreille indiscrète ne pût entendre ce qu'ils avaient à se dire.

— Carrick est revenu cette nuit, annonça-t-elle.

Carrick était le nom de code attribué à Hubert. Elle continua :

— Malgré ma défense, Gordon lui a vendu une photo, une seule. Il a payé sans discuter, ce qui semble…

Lenihan l'interrompit, presque brutalement.

— Carrick est un provocateur et Anderson n'est pas mort. Nous sommes tous en danger.

Moira Babins lâcha une grossièreté. Lenihan reprit :

— Il faut appliquer le plan d'urgence. Vous savez ce que vous avez à faire ?

— Je le sais, répondit la femme d'une voix décomposée.

— Alors, à ce soir. Bonne chance.

Ils se séparèrent. Kenneth Lenihan regagna sa voiture. Bien qu'il n'eût rien remarqué d'anormal, il était maintenant certain d'être surveillé. Or, il devait absolument se rendre à Rothesay dans l'après-midi pour avertir Isobel. Il devait donc auparavant brouiller sa piste…

*

Après le déjeuner, à bord du *Proteus*, Hubert Bonisseur de la Bath et Charles Eitzen regagnèrent le bureau de celui-ci, afin de prendre connaissance des derniers rapports concernant les activités des divers protagonistes de l'affaire.

Ils apprirent ainsi que Moira Babins et Kenneth Lenihan avaient eu un bref contact à la sortie de l'église protestante de Sandbank. Moira Babins était rentrée chez elle. Trois quarts d'heure plus tard, elle était ressortie au volant de son Austin rouge et noir accompagnée de Gordon et de Pearl, tous vêtus de cirés jaunes et de chapeaux de pêcheurs assortis. Ils s'étaient rendus au club nautique, sur Ardnadam Bay, au-delà du chantier naval, et s'étaient fait conduire à bord d'un cotre qui semblait leur appartenir, le *Goblin*, sur lequel ils avaient chargé deux gros sacs bourrés à craquer. Après quoi, ils avaient levé l'ancre et le cotre était passé devant le *Proteus* avant de sortir du Holy Loch pour descendre ensuite l'estuaire. Une voiture avait assuré la filature par la route du littoral en attendant qu'une vedette puisse appareiller.

— Je ne pense pas qu'il y ait là de quoi s'inquiéter, dit Charles Eitzen après qu'Hubert eut pris à son tour connaissance des rapports. Le Holy Loch est un centre important de yachting, comme vous avez pu le constater, et presque tous les propriétaires de voiliers sortent le samedi et le dimanche. De toute façon, ils ne peuvent pas nous échapper.

Hubert téléphona au McColl's Hotel pour demander à Enrique de venir le chercher au débarcadère de Sandbank avec la voiture. Il venait de raccrocher lorsqu'un secrétaire apporta de nouveaux rapports au chef de la sécurité. Le *Goblin* était entré dans Kames Bay et s'était amarré au quai de Port Bannatyne, à trois kilomètres au nord de Rothesay, dans l'île de Bute. Les trois occupants restaient à bord, comme s'ils attendaient quelqu'un. Quant à Kenneth Lenihan, il était toujours chez lui, à Dunoon…

— Je vais retourner à terre, décida Hubert.

Charles Eitzen semblait préoccupé.

— Je crois que nous ferions bien de prévenir le MI5, dit-il. Ou, à tout le moins, la Section spéciale de Scotland Yard[1]. Il ne faut pas oublier que nous ne sommes pas chez nous et que nous n'avons pas le droit d'arrêter qui que ce soit… D'autre part, si nous avons à faire face à des prolongements inattendus, même sur le plan uniquement géographique, l'aide de nos collègues britanniques pourrait nous être précieuse…

— C'est votre affaire, répondit Hubert. Ceci dit, je suis tout à fait d'accord avec vous.

---

1. Military Intelligence, division 5 : service de contre-espionnage relevant directement du Premier ministre. Aucun pouvoir de répression. Pour les arrestations, il doit demander l'aide de la Section spéciale de Scotland Yard.

9

Kenneth A. Lenihan reposa le rasoir et se pencha vers le miroir pour mieux juger du résultat. Il venait de raser sa moustache.

Il se rinça le visage, puis s'essuya. Après quoi, il mit des lunettes à grosses montures d'écaille et se coiffa d'une casquette « Sherlock Holmes » en tweed gris. Il était méconnaissable.

Il retourna dans le living-room et, au moyen d'un canif, décousit le cuir d'un sous-main qui était sur le bureau et duquel il sortit un passeport US établi au nom de Frank John Osborne, domicilié à Wickenburg (Arizona), et muni d'une photographie qui le représentait justement sans moustaches et avec les lunettes massives qu'il venait de mettre.

Il laissa tous ses papiers au nom de Lenihan dans un tiroir du bureau et mit le faux passeport américain dans sa poche. Après quoi, il enfila un manteau de loden gris et quitta la maison par-derrière.

Il avait laissé sa voiture devant, dans la rue, comme un leurre à l'intention des gens qui le surveillaient. Il franchit la haie qui séparait son jardin de celui de la maison voisine, inoccupée depuis plusieurs mois. Il se retrouva dans un chemin empierré qui rejoignait la rue cent mètres plus bas, après avoir décrit un quart de cercle presque parfait.

Le vent soufflait toujours avec rage et d'énormes nuages gris et noirs se poursuivaient assez bas, se déchirant aux arêtes des collines dont les flancs arides se teintaient tour à tour de bruns ou de mauves. Lenihan ajusta sur son crâne sa casquette à double visière puis passa une main étonnée sur son visage glabre. La disparition de sa moustache lui laissait une étrange impression d'indécence, comme s'il s'était brusquement retrouvé nu dans la rue.

Il fit quelques pas, puis s'arrêta et pivota pour regarder le toit de la maison qui avait été la sienne pendant ces derniers mois. Il n'y reviendrait plus et il le savait. Et cela le comblait d'une certaine tristesse. Car, malgré sa vie aventureuse d'agent secret, ou peut-être à cause d'elle, il s'attachait aux choses.

Il repartit et il était à ce point perdu dans ses pensées mélancoliques qu'il prit conscience un tout petit peu trop tard de la Chevrolet noire immobilisée au bout du chemin, tournée en direction de la rue.

Sa première réaction fut de faire demi-tour, car il avait su tout de suite à qui appartenait cette voiture, mais il découvrit, juste à temps cette fois, un homme occupé à soulager contre la haie un besoin naturel et qui, dans la même seconde, regarda vers lui.

D'instinct, Lenihan modifia son allure. Il se voûta, baissa une épaule et se mit à boiter très légèrement. Son cœur battait fort et il avait la gorge serrée, mais il possédait assez de sang-froid pour n'en rien montrer. Il continua de marcher, passa tout près de la voiture, déboucha dans la rue et prit à droite, vers le centre de la ville. Deux cents mètres plus bas, il laissa volontairement tomber son mouchoir afin de pouvoir, en le ramassant, regarder derrière lui. La rue était déserte. Il comprit alors qu'il avait abusé l'adversaire et il se mit à rire...

*

Ils avaient dépassé Kirn et approchaient de Dunoon. Enrique Sagarra racontait une histoire abracadabrante concernant une jeune femme qu'il avait connue à Mexico...

— Elle était affligée d'un œil de verre et d'un mouflet de trois ans... Jamais connu un sale gamin pareil !... Pendant que je m'occupais avec sa mère dans la chambre, il n'arrêtait pas de frapper à la porte et de brailler comme un âne : m'man, qu'est-ce qu'y te fait, le monsieur ? Qu'est-ce qu'y t'fait, dis m'man ?... Je l'aurais bouffé !... Y avait bien un moyen de le faire tenir tranquille, c'était que sa mère lui donne son œil de verre pour s'amuser avec... Là, on avait la paix pour une bonne heure ; seulement, moi, j'aimais pas beaucoup ça... parce que, évidemment, quand elle ôtait son œil, ça ne l'arrangeait pas. Alors, finalement, j'ai acheté un œil d'occasion. Eh bien, vous me croirez si vous voulez, mais ce foutu gamin s'est aperçu que c'était pas celui de sa mère, à cause de la couleur sans doute, et ça n'a pas marché. Je l'aurais bouffé !

Hubert entendait, mais il n'écoutait pas ; de même qu'il regardait sans le voir un grand cargo qui remontait en direction de Glasgow, taillant lourdement sa route dans les eaux sombres et vérolées de l'estuaire. Hubert réfléchissait. Son instinct de chasseur d'hommes lui donnait le pressentiment que l'affaire était en train de prendre un tournant et qu'il avait peut-être lui-même déjà perdu l'initiative. Ce soudain déplacement des Babins jusqu'à l'île de Bute l'inquiétait. Il n'aurait su dire pourquoi et il se plut à imaginer un court instant qu'il s'agissait d'un avertissement de *Proteus*[1], ce qui le fit sourire.

Enrique, qui lui lançait au même instant un bref coup d'œil afin de s'assurer de l'effet de son histoire, crut qu'il souriait à celle-ci et se rengorgea.

— Vous vous arrêterez au bureau de la jetée, dit Hubert, et vous demanderez à quelle heure part le prochain bateau pour l'île de Bute. J'ai envie que nous allions faire un tour là-bas...

— Pourquoi pas ? répliqua gaiement Enrique. Après tout, c'est dimanche et, miracle, il ne pleut plus...

Hubert le regarda.

— Ce n'est pas une croisière que je vous offre...

— Ah ! bon, fit Enrique fort déçu. J'avais cru.

Il arrêta la voiture devant la station et descendit. Hubert continuait de réfléchir. Il n'aimait pas les affaires qui, comme celle-ci, duraient trop longtemps. Son dynamisme naturel le poussait toujours à foncer, à mettre les pieds dans le plat et il se demandait justement si le moment n'était pas venu de jeter un pavé dans la mare, de provoquer la panique chez l'adversaire pour amener la tête à se découvrir. Il ne pouvait pas savoir que ce processus était déjà en train...

Enrique ressortit en courant.

— Il y en a un tout de suite, annonça-t-il, à trois heures vingt. On le voit qui arrive...

1. *Proteus* est le nom anglais de Protée, dieu marin de la mythologie, qui était chargé de garder les troupeaux monstrueux de Neptune, son père, qui lui avait donné le don de prophétie.

Hubert se tourna pour regarder et aperçut le steamer à moins de cinq cents mètres. Il descendit.

— Je ne peux pas laisser la voiture là, dit Enrique. Je vais la mettre de l'autre côté. Prenez votre ticket, je vous rejoins.

Hubert prit le ticket et marcha vers l'entrée de la jetée. Le préposé au tourniquet lui réclama trois pence pour le laisser passer. Il paya et se dirigea vers les bâtiments de la station, qui terminaient la jetée, comme la barre d'un T.

Une cinquantaine de personnes formaient une queue à hauteur de l'appontement numéro 1. Les haut-parleurs annonçaient l'arrivée du steamer en provenance de Gourock, à destination de Rothesay. Hubert gagna l'extrémité de la queue.

Enrique arriva enfin, alors que le bateau accostait. Il fallut attendre que les passerelles fussent jetées, puis que le dernier des passagers pour Dunoon ait remis pied à terre. Enfin, la queue s'ébranla.

Hubert et Enrique descendirent sur le pont inférieur avec l'espoir de trouver des places assises dans l'un des salons. Ils étaient sur le seuil du salon avant lorsque Hubert eut brusquement son attention attirée par un homme coiffé d'une casquette à la Sherlock Holmes et qui allumait une pipe.

Hubert le voyait de trois quarts arrière, mais cette façon bien particulière de tenir la pipe, de l'allumer en plusieurs fois avec de brefs tassements du pouce, ne lui laissa sur l'instant aucun doute.

— Lenihan est là, souffla-t-il à l'intention d'Enrique immobile près de lui. Le Sherlock Holmes qui allume sa pipe, là-bas, près de la vitre…

Enrique le trouva et approuva d'un hochement de tête. Mais, à cet instant, l'homme leur montra son profil et leur certitude s'évapora. Ce visage glabre, ces grosses lunettes, cela n'était pas Lenihan.

— Ça, alors ! s'exclama Enrique. J'aurais pourtant juré…

— Moi aussi, dit Hubert, je l'aurais juré.

Il entraîna Enrique vers le salon arrière. Il conservait un doute.

— Soyons prudents, reprit-il. Imaginez qu'il se soit aperçu qu'il était filé et qu'il ait rasé sa moustache et mis ces lunettes pour s'échapper…

— C'est très possible, admit Enrique. En tout cas, c'est exactement ce que j'aurais fait dans les mêmes circonstances…

Ils s'installèrent de manière à pouvoir surveiller le hall de l'escalier entre les deux salons. Quelques personnes quittèrent le bateau à l'escale d'Innellan, d'autres embarquèrent. Enrique, inquiet, alla jeter un coup d'œil discret dans le salon avant.

— Il n'a pas bougé, annonça-t-il en revenant. Et, vu de dos, il n'y a aucun doute, c'est bien lui.

Un gamin au regard effronté voulut sortir du rang et leur écrasa consciencieusement les pieds en passant.

— Tu pourrais au moins t'excuser, grogna Enrique.

Le gamin devint cramoisi et se retourna vers sa mère, une matrone qui, assise près de la vitre, surveillait l'opération.

— M'man ! cria le gosse. Le m'sieur il m'a dit des horreurs !

Les passagers des rangées précédentes se retournèrent avec un ensemble digne des Blue Bell Girls et une cinquantaine de paires d'yeux indignés se braquèrent sur le malheureux Enrique.

— Qu'est-ce qu'il t'a dit ? hurla la mère.

— J'peux pas le répéter ! cria le gamin en reculant vivement de deux pas, effrayé par la menace qu'il venait de lire dans le regard dur de sa victime.

Hubert sourit, débonnaire, et se pencha pour répondre à la mère outragée, assez haut pour que tout le monde pût en profiter.

— J'ai entendu, madame, il lui a dit qu'il avait une maman ravissante. Mais, que votre adorable fils se rassure : c'était en tout bien, tout honneur.

Très mondain. La matrone en resta bouche bée. Des gens pouffèrent après l'avoir regardée, puis ce fut un éclat de rire général. Déconcerté, le gamin cherchait une riposte. Enrique sentit venir le danger et murmura :

— Si tu ajoutes un mot, petite crapule, je te tords le cou.

Le gosse observa un court instant les mains ouvertes et crispées d'Enrique. Il devint vert et fila en pleurant vers les lavabos.

Quelques minutes plus tard, alors qu'ils étaient à hauteur de Bogany Point, en vue de Rothesay, ils virent passer Lenihan qui regagnait le pont supérieur afin, probablement, d'être parmi les premiers à quitter le bateau.

— C'est sûrement lui, dit Hubert. Nous allons le suivre, car j'ai bien peur que les gars d'Eitzen ne l'aient perdu. Ils étaient surtout braqués sur sa voiture et ils ne l'ont jamais vu lui-même que d'assez loin…

*

Kenneth Lenihan fut le premier à franchir la passerelle et il se hâta aussitôt vers la sortie. Il était ennuyé. Isobel, en lui donnant ses instructions pour les contacts imprévus, lui avait demandé de prendre le steamer quittant Dunoon à trois heures. Isobel ignorait sans doute que, le dimanche, ce même bateau ne quittait Dunoon qu'à trois heures vingt et Lenihan craignait que ce décalage de vingt minutes ne fît tout rater.

Il marcha rapidement jusqu'à l'une des nombreuses cabines téléphoniques plantées sur l'esplanade devant le port de plaisance et s'y enferma.

Il saisit l'appareil, glissa quatre pennies dans la fente, composa le numéro et attendit. Il attendit longtemps. La sonnerie fonctionnait, mais personne ne répondait. Énervé, il raccrocha, appuya sur le bouton B, récupéra ses quatre pièces, puis ouvrit l'annuaire. Ce n'était pas un travail facile de chercher une adresse d'après le numéro, mais heureusement Rothesay n'était pas Londres et il n'y avait pas tellement d'abonnés.

Il trouva finalement ce qu'il cherchait, nota le renseignement sur une feuille de son carnet et repartit à grands pas.

Il interrogea un vieux monsieur qui promenait une petite fille, afin de savoir où diriger ses pas. Le vieux monsieur se lança dans des explications compliquées. Lorsque Lenihan eut compris que cela se trouvait près du château, il remercia et s'éloigna.

Il monta vers le centre de la ville, arriva devant le vieux château fort entouré d'un large fossé et de jardins fleuris, demanda de nouveau son chemin.

C'était une ruelle étroite, au pied de la colline, avec de vieilles maisons aux façades sombres. Des gosses y jouaient à la petite guerre, à grand bruit. Lenihan avança en regardant les numéros, indifférent au vacarme.

Il y avait une épicerie au rez-de-chaussée. L'entrée de l'immeuble était à droite, précédée de trois marches de pierre profondément usées. Lenihan entra. Des boîtes aux lettres lui apprirent que Lillian habitait au troisième étage, à gauche.

Il monta. L'escalier était sombre et mal entretenu. Un poste de radio ou de télévision fonctionnait au troisième.

Il sonna, prêta l'oreille, impatient et inquiet, se demandant ce qu'il pourrait faire si la fille était occupée avec un autre client. Mais personne ne bougeait dans l'appartement. Il sonna de nouveau, puis frappa du poing au battant.

Une porte s'ouvrit derrière lui et il se retourna vivement. Une fille brune et maigre, à la peau blanche, simplement vêtue d'une robe de chambre mal ajustée, le regardait avec un sourire ironique.

— Vous vouliez voir Lillian ? questionna-t-elle.

C'était chez elle que fonctionnait un poste de télévision.

— Oui, elle n'est pas là ?

— Jamais le dimanche, cher. Le dimanche, elle va voir son gosse, chez ses parents.

Lenihan en eut le souffle coupé. Tout semblait se liguer contre lui et il lui fallait pourtant prévenir Isobel. Un retard de vingt-quatre heures pouvait être fatal. Il avait l'air si embêté que la fille vint vers lui en roulant des hanches.

— Si c'est un cas d'urgence, reprit-elle d'un ton chargé de promesses, je peux vous dépanner. Moi, ma religion ne m'interdit pas de travailler le dimanche…

Du bout de ses doigts, il frotta l'emplacement de sa moustache sacrifiée.

— Heu, fit-il. Ce n'était pas pour ça… J'ai oublié quelque chose hier chez Lillian et j'aurais bien voulu le récupérer. Elle ne vous aurait pas laissé la clé, des fois ?

La fille sortit une cigarette de la poche de sa robe de chambre qui bâillait sur sa poitrine maigre.

— Qu'est-ce que vous avez oublié ?

La vue de la cigarette souffla la réponse à Lenihan.

— Mon briquet.

— Ben quoi ! C'est pas si grave ? Vous n'avez qu'à acheter des allumettes.

— C'est un briquet en or et je repars ce soir pour Londres.

— Ça, cher, je n'y peux rien. Je n'ai pas la clé.

— Tant pis. Vous ne connaissez personne à qui elle aurait pu la laisser ?

— Non.

Elle était devenue froide, presque hostile.

— Excusez-moi.

Il fit semblant de redescendre, jusqu'à ce qu'il l'entendît refermer sa porte. Il remonta sur la pointe des pieds, écouta. Elle chantonnait, puis elle remonta le son de son poste très haut, ce qui soulagea Lenihan d'un grand poids.

Il se mit à examiner la serrure de la porte de Lillian. C'était un vieux modèle standard, sans aucune complication. Lenihan sortit de sa poche un couteau à lames multiples et se mit au travail…

*

Accroupie, la fille observait Lenihan par le trou de la serrure. Elle pensait que Lillian se moquait souvent d'elle parce qu'elle la trouvait trop soupçonneuse avec tout le monde. Eh bien, Lillian reconnaîtrait cette fois qu'elle avait eu tort et qu'un esprit méfiant peut rendre des services.

Elle se redressa et alla décrocher le téléphone à l'autre bout de la chambre. Avec le bruit que faisait la télévision, l'homme, sur le palier, ne risquait pas d'entendre. Elle appela police-secours, tout en regardant sur le petit écran les images de *The French Line*, que le *Sunday Mail* avait annoncé dans le programme de la BBC TV comme « *A romantic comedy starring Jane Russel and Gilbert Roland, which tells of a romance between a beautiful heiress and a Frenchman* »...

*

Enrique rejoignit Hubert qui l'attendait au coin de la rue.

— Il est monté au dernier étage, annonça-t-il. Je l'ai entendu discuter avec une fille. Il voulait voir une certaine Lillian, qui habite sur le même palier mais qui est partie aujourd'hui voir son mouflet. Une histoire de briquet oublié hier, paraît-il. Il a fait semblant de descendre, puis il est remonté et il est actuellement en train de crocheter la serrure.

Hubert fronça les sourcils. D'après les rapports de filature, Lenihan était bien venu à Rothesay la veille, en fin de matinée, mais il ne s'était pas écarté de la promenade en bordure de la baie, où il avait rencontré celui que l'on pensait être son chef de réseau.

Pensif, Hubert leva la tête vers le troisième et dernier étage de la maison dans laquelle se trouvait Lenihan. Cette démarche et les circonstances qui l'accompagnaient lui semblaient mal s'insérer dans le contexte général.

Brusquement, il recula, entraînant Enrique à l'abri du coin de l'immeuble. Là-haut, une fenêtre aux vitres dépolies s'était ouverte et Lenihan se penchait, tenant une serviette de toilette rouge qu'il essaya ensuite d'accrocher à l'extérieur. Il y parvint. Il venait de refermer la fenêtre lorsqu'une voiture de police-secours arriva en trombe, semant la panique parmi les gosses qui se battaient toujours dans la rue.

La voiture s'arrêta pile devant la maison. Une demi-douzaine d'agents descendit en voltige et se rua dans le couloir. Les gosses, un instant dispersés, se regroupèrent et cernèrent le fourgon, bientôt rejoints par leurs mères, malades de curiosité.

— J'espère qu'ils ne vont pas nous le souffler, dit Hubert. Nous en avons encore besoin.

Ils ne restèrent pas longtemps dans cette cruelle incertitude. Bientôt, Lenihan apparut, menottes aux poignets, solidement encadré par deux agents qui le poussèrent dans la voiture. Quelques minutes s'écoulèrent encore, puis les autres agents ressortirent à leur tour, accompagnés d'une grande fille maigre étroitement serrée dans un imperméable mastic.

La fille se mit à raconter quelque chose, avec véhémence, aux autres femmes que les gosses empêchaient d'approcher. Un des policiers lui toucha le bras et regarda sa montre-bracelet d'un regard éloquent. Elle répondit affirmativement d'un signe de tête, et monta devant, près du chauffeur, galamment aidée par un agent.

— C'est elle qui a dû appeler les flics, murmura Enrique.

La voiture démarra et se fraya difficilement un chemin dans la foule des gosses, à grand renfort d'avertisseur. Puis, elle disparut à l'autre bout de la ruelle.

— Ne restons pas ici, dit Hubert.

Ils repartirent en direction du château. Hubert réfléchissait et Enrique respectait son silence. Hubert pensait que l'arrestation de Lenihan était catastrophique, car Lenihan lui semblait être le seul fil conducteur vers la tête du réseau.

Une chose était tout de même évidente : Lenihan n'avait pas hésité à crocheter une serrure pour s'introduire chez cette mystérieuse Lillian, à seule fin, en apparence, de suspendre une serviette rouge à la fenêtre. Cette serviette rouge était un signal, on n'en pouvait douter. Mais, un signal destiné à qui ? À un passant ? Peu probable... La nécessité impérieuse de le mettre à cet endroit précis tendait à prouver qu'il ne pouvait être aperçu autrement de son destinataire.

— Venez, décida Hubert. Nous retournons là-bas.

Ils firent demi-tour.

— Je veux entrer dans cet appartement, reprit Hubert. Nous allons nous faire passer pour des journalistes...

La rue n'avait pas encore retrouvé son aspect habituel. Les gosses jouaient de nouveau à la petite guerre, mais les mères étaient toujours agglutinées au milieu de la chaussée, discutant avec animation de l'événement et gênant les évolutions de leurs rejetons qui tournoyaient rageusement autour de leur groupe, comme des guêpes autour d'un panier de poires.

Hubert et Enrique se frayèrent péniblement un chemin jusqu'au bloc des commères.

— Excusez-nous, dit Hubert, nous sommes des journalistes et nous venons d'apprendre qu'il s'était passé quelque chose ici.

Elles répondirent toutes en même temps, grossissant l'événement de façon démesurée. À les entendre, le bandit avait assommé la fille qui avait ensuite appelé police-secours, puis il avait brisé la porte de cette brave

Lillian et s'apprêtait à tout emporter lorsque les agents étaient arrivés…

— L'une de vous pourrait-elle nous accompagner là-haut pour voir les lieux ? s'enquit Hubert.

Il s'en proposa dix. Les deux hommes pénétrèrent dans la maison et montèrent les trois étages presque portés par les bonnes femmes. La porte n'avait pas été refermée, simplement tirée. Ils entrèrent tous, les commères se lamentant sur ce que dirait cette pauvre Lillian, qui avait tant de mérite de faire ce qu'elle faisait, quel malheur, pour subvenir aux besoins de son fils et de ses vieux parents.

— Si elles continuent, grommela Enrique, je me mets à chialer.

Hubert se rendit tout droit dans la salle de bains, aménagée récemment et sans doute pour les besoins de la profession de Lillian. Il ouvrit la fenêtre.

Par-dessus les toits des maisons qui bordaient l'autre côté de la rue, le regard s'élevait sur la colline boisée de Bogany Wood. Droit devant, dans une trouée, Hubert découvrit le sommet d'une grande villa blanche surmontée d'une antenne de télévision. Il chercha vainement ailleurs une autre habitation d'où l'on aurait pu voir la serviette rouge accrochée par Lenihan à la fenêtre. Il nota quelques détails de construction afin de pouvoir retrouver la villa…

10

Paul Finn, *alias* Isobel, recula pour mieux voir le tableau qu'il venait de terminer. À peu près satisfait, il posa ses pinceaux et alluma une cigarette. Puis, il approcha de la fenêtre et regarda la ville et la baie qui s'étalaient à ses pieds.

Le ciel restait couvert, avec de rares éclaircies ; mais, dans l'ensemble, la journée avait été assez bonne. Des voiles blanches doublaient au loin l'Ardbeg Point et les canots à moteur de location tournaient sans relâche, sans trop s'éloigner du port.

Le regard de Paul Finn glissa machinalement sur les toits des maisons en bas de la colline, puis se fixa soudain. Il avait bien l'impression qu'une serviette rouge pendait à la fenêtre de Lillian. Il alla chercher ses jumelles et revint pour vérifier. C'était bien cela.

Il regarda sa montre : cinq heures moins deux minutes. Il fit un rapide calcul et, ignorant le décalage dominical de vingt minutes dans l'horaire du bateau que devait prendre David, il en conclut que celui-ci, s'il avait observé à la lettre ses instructions, devait être déjà sur l'esplanade…

Il essaya de l'y trouver au moyen de ses jumelles, mais il y avait la foule des dimanches et autant chercher une aiguille dans une botte de foin.

Paul Finn se mit à réfléchir. Le fait que David ait utilisé la procédure de contact extraordinaire signifiait qu'il y avait urgence, peut-être danger. Il ne fallait donc pas prendre les choses à la légère.

Il alla se laver les mains, puis s'habilla pour sortir et descendit au garage…

*

Hubert et Enrique avaient attaqué la colline par Bishop Terrace Brae, une rue étroite et si pentue qu'une rampe en tubes de fer galvanisé a été plantée sur la bordure de l'unique trottoir. Après un départ en ligne droite, depuis le port des pêcheurs, cette voie pittoresque s'élève ensuite en lacets, desservant quelques belles propriétés dans Bogany Wood.

Les deux hommes montaient en souplesse et sans souffler. Hubert, qui observait chaque maison, s'arrêta soudain et dit :

— Je crois que c'est celle-ci…

Un mur bas, surmonté d'une grille en fer forgé, ceinturait le parc. À travers les arbres, la villa était visible à une cinquantaine de mètres, blanche, un peu délabrée, très romantique.

Une jeune fille descendait la côte à toute vitesse, sa jupe haut relevée sur ses cuisses par le vent. Un couple entre deux âges déboucha du virage suivant. Ils étaient vêtus modestement et avaient cette allure particulière aux gens de maison. Hubert attendit qu'ils fussent à leur hauteur.

— Excusez-moi, dit-il, nous cherchons quelque chose à louer dans ce quartier…

— Oh ! monsieur, répondit la femme, il est bien tard dans la saison. Surtout dans Bogany Wood, c'est résidentiel, vous comprenez ? tout à fait résidentiel. Alors, les villas sont louées d'une année à l'autre. Oh ! oui, monsieur.

— C'est bien dommage, répliqua Hubert avec l'air dépité qui convenait. Nous aurions aimé quelque chose dans ce genre-là, vous voyez…

Il montrait la maison devant eux. L'homme et la femme se retournèrent.

— Oh ! là, reprit la femme, c'est un peintre qui habite. M. Paul Finn, qu'il s'appelle. Un peintre très connu, à ce qu'il paraît. Même qu'il a montré ses toiles au printemps dans une galerie près du port. Je me suis laissé dire qu'il avait bien vendu. Oh ! oui, monsieur.

L'homme approuvait d'un hochement de tête presque continu tout ce que racontait sa femme.

— Quel nom avez-vous dit ? demanda Hubert.

— Paul Finn, monsieur, *F*, *i*, deux *n*.

— En effet, mentit Hubert, j'en ai entendu parler.

— Tenez, dit l'homme, le voilà justement qui s'en va.

Hubert avait vu, lui aussi, la petite voiture noire s'approcher de la grille. Paul Finn descendit pour ouvrir, sortit la voiture dans la rue, retourna fermer le portail. À moins de vingt mètres d'Hubert qui eut tout le loisir de l'identifier avec certitude d'après la photographie prise la veille sur l'esplanade de Rothesay par les collaborateurs de Charles Eitzen et qui le représentait assis sur un banc en compagnie de Kenneth Lenihan.

Hubert nota le numéro de la vieille Morris Minor noire, puis ramena ostensiblement son attention vers ses deux interlocuteurs afin que Paul Finn ne s'aperçût pas de l'intérêt dont il était l'objet. Lorsque la voiture se fut éloignée, Hubert remercia l'homme et la femme qui repartirent vers la ville basse.

Hubert enrageait silencieusement. Il pensait que le départ de Paul Finn avait un rapport avec le signal mis en place par Lenihan et ils ne pouvaient le suivre, n'ayant pas de voiture à leur disposition. Évidemment, Paul Finn ne trouverait pas Lenihan au rendez-vous, puisque celui-ci venait d'être arrêté, et il reviendrait probablement. À moins que la serviette rouge ne signifiât danger pressant, évacuation immédiate. Cela n'était pas impossible…

Hubert se souvint alors que les Babins devaient être à bord du *Goblin* qui était venu s'amarrer au début de l'après-midi à Port Bannatyne, à moins de trois kilomètres du port de Rothesay. C'était peut-être là le point de chute sur lequel tout le monde pouvait se retrouver…

— Redescendons et essayons de trouver un taxi, décida Hubert.

— À propos de taxi, commença Enrique, j'ai lu ce matin une interview de Hitchcock sur les femmes… Tordant ! Il prétend que les Américaines, par exemple, pensent « sexy », s'habillent « sexy », parlent « sexy », mais qu'elles n'agissent pas « sexy » et que c'est toujours une déception avec elles parce qu'elles ne tiennent pas ce qu'elles promettent ; alors que les Anglaises !

Il s'interrompit, la mine gourmande. Hubert marchait vite et Enrique devait presque courir, car il avait de moins grandes jambes.

— Eh bien, quoi ? Les Anglaises ?…

Enrique reprit :

— Les Anglaises, d'après Hitchcock, elles ont toutes des airs bien sages d'institutrices, mais si l'on commet l'imprudence de prendre un taxi avec elles, eh bien, elles vous arrachent presque le pantalon. C'est Hitchcock qui le dit, hein !

— Il exagère sûrement un peu, répliqua Hubert.

— Ça ne fait rien, enchaîna Enrique d'un ton rêveur. Quand toute cette histoire sera finie, je vais essayer de m'arranger pour monter dans un taxi avec une Anglaise…

— Méfiez-vous, dit Hubert. Ici, il y a surtout des Écossaises et ce n'est pas la même chose.

— De toute façon, riposta Enrique, je ne risque rien. J'ai toujours sur moi les petits conseils bibliques.

Et il tapota une de ses poches avec une mine satisfaite.

*

Paul Finn conduisait lentement le long de la baie, en direction d'Ardberg, essayant de découvrir Lenihan dans le double courant des promeneurs. Le temps se gâtait de nouveau et de fines gouttes de pluie commençaient à brouiller le pare-brise.

Il dépassa Skeoch Wood et atteignit les premières maisons d'Ardberg. Lenihan allait rarement plus loin et Paul Finn fut tenté de faire demi-tour et de reprendre la promenade à pied à partir de la jetée, malgré le risque à courir.

Il continua néanmoins. Une inquiétude, voire un pressentiment, avait pris corps dans son esprit. Il redoutait maintenant le pire et il voulait savoir.

Or, il était facile pour lui de savoir. Le plan d'urgence qu'il avait lui-même établi prévoyait qu'en cas de menace trop pressante, nécessitant un décrochement immédiat, Carol, c'est-à-dire Moira Babins, devait amender le *Goblin* à Port Bannatyne où David et lui-même devraient la rejoindre.

Paul Finn dépassa Ardberg Point et découvrit la baie de Kames, moins large et moins profonde que celle de Rothesay. Il fit fonctionner les essuie-glaces. Indifférents à la pluie qui tombait soudain drue et fine, quelques voiliers continuaient d'évoluer sur les vagues courtes et dures dont chaque crête s'ourlait d'écume blanche.

Lorsque Paul Finn aperçut le *Goblin*, solidement amarré à quai, il éprouva un choc au cœur. Ainsi, ses pires craintes se trouvaient justifiées. Il rangea sa voiture, arrêta les essuie-glaces, puis le moteur. Il se mit à penser à la maison de Bogany Wood, à ses tableaux. Il aimait cette maison et il allait regretter quelques-unes de ses peintures.

Il sortit de la vieille Morris, laissant la clé de contact au tableau et entreprit de faire un tour d'observation avant de monter à bord du cotre. Il devait auparavant s'assurer qu'aucune silhouette suspecte ne rôdait alentour.

Quelques minutes plus tard, rassuré autant qu'il était possible de l'être, il franchit la passerelle qui reliait le *Goblin* au quai. L'idée lui vint que la navigation n'allait pas être une partie de plaisir lorsqu'ils auraient quitté les eaux relativement abritées de l'estuaire. S'il fallait en croire les journaux et la radio, une terrible tempête sévissait au large dans tout l'Atlantique Nord. La première page du *Sunday Mail* était même consacrée au naufrage d'un bateau de pêche dont les dix hommes d'équipage avaient disparu malgré les énormes moyens de sauvetage mis en œuvre.

La porte du cockpit s'ouvrit et Gordon, le nain, demanda sèchement :

— Qui êtes-vous ? Qui vous a permis de monter à bord ?

— Je voudrais voir Carol, répondit Paul Finn.

Le nain se figea. Ses gros yeux globuleux se fermèrent à demi. Il observa curieusement le visiteur, puis se retourna pour appeler :

— Maman ! Il y a là quelqu'un qui demande Carol.

Il s'effaça. Moira Babins, pâle, les traits tirés, se montra.

— *J'arrive à l'instant de Glasgow*, dit Paul Finn, *et il faut que je voie Carol, de la part de son père.*

— *Carol est ici*, répliqua Moira Babins. *Elle attendait justement des nouvelles de son père.*

Les phrases de reconnaissance échangées, Moira Babins recula en ajoutant :

— Entrez. Ne restez pas exposé à la pluie.

Paul Finn courba sa haute taille pour entrer dans le cockpit, puis descendit derrière les autres dans la cabine principale.

— Je suis Isobel, reprit-il. Savez-vous où se trouve David ?

— Je l'ai vu ce matin à Sandbank, répondit Moira. Il m'a dit d'appliquer le plan d'urgence. Je ne l'ai pas revu depuis…

Pearl entra, sortant du poste avant où elle avait dormi.

— Bonjour, dit-elle.

*

— Bonjour, dit l'inspecteur aux agents qui gardaient Kenneth Lenihan, *alias* David.

Il regarda le contenu des poches de celui-ci, étalé sur une table, feuilleta le passeport américain, compta la petite fortune en grosses coupures britanniques, américaines et françaises.

— D'où vient tout cet argent ? s'étonna-t-il.

— Il l'avait sur lui, dans ses poches revolver, répondit l'un des agents.

L'inspecteur regarda Lenihan.

— C'est de l'argent volé, naturellement.

— Je ne suis pas un voleur, répliqua dignement Lenihan. Cet argent est à moi. Je suis un honorable touriste américain…

— Vraiment ? Pourquoi alors vous êtes-vous introduit chez cette fille en crochetant la serrure ?

— Je l'ai déjà expliqué. Je lui avais rendu visite hier et j'avais oublié mon briquet chez elle. Je devais repartir demain matin de très bonne heure pour Londres et je voulais récupérer ce briquet.

— Même si vous dites la vérité, vous vous êtes rendu coupable de violation de domicile avec effraction.

— Je suis désolé, je n'ai pas réfléchi.

— Où habitez-vous ?

— Au Westbury, à Londres.

— Et ici ? Puisque vous étiez là hier, vous avez bien couché quelque part ?

— J'ai couché chez une fille.

— Son nom, son adresse ?

Lenihan haussa les épaules.

— Elle s'appelle Daisy et elle habite dans une maison derrière le château. Je n'ai pas retenu le nom de la rue.

— Nous allons vous y conduire. Et vous feriez bien de vous rappeler où c'est.

L'inspecteur sortit quelques instants, puis revint et appela l'un des agents. Lenihan resta seul avec l'autre. Il pensait qu'il devait s'évader au plus vite, avant que cela ne tournât vraiment mal. Il savait que c'est toujours dans la première demi-heure que l'on s'échappe le plus facilement.

— C'est vous qui avez les clés de mes menottes ? questionna-t-il en grimaçant comme s'il souffrait réellement.

— Oui. Mais je ne peux pas vous les enlever sans un ordre de l'inspecteur.

— Vous pourriez au moins me les desserrer d'un cran, par simple humanité.

L'agent hocha la tête affirmativement, sortit les clés de sa poche et approcha.

— Ça commençait à me faire drôlement mal, dit encore Lenihan.

L'agent se pencha, ayant sorti la clé. Lenihan lui tendit ses poignets enchaînés, sans allonger les bras, afin de l'obliger à venir le plus près possible. L'agent introduisit la clé minuscule dans la serrure d'un des bracelets. Lenihan frappa. Un terrible coup de tête. Assommé, l'agent se redressa, la bouche ouverte, les yeux vagues. Lenihan doubla d'un *atemi* au plexus, porté avec l'extrémité de ses doigts joints, ses deux mains plaquées l'une contre l'autre.

L'agent s'écroula, évanoui. Mais, dans l'action, la clé des menottes était tombée et Lenihan ne la retrouvait plus. Un court instant, il s'affola, cherchant autour de lui d'une manière désordonnée. Puis, il se ressaisit, respira profondément et se contraignit à plus de méthode. Il retrouva enfin la clé, sous la table, réussit à la saisir.

Trente secondes plus tard, il était libéré. Libéré, mais pas encore libre. Il reprit son argent, ses affaires, les remit dans ses poches. Des pas résonnaient dans le couloir. Il crut que le second agent, ou l'inspecteur, revenait. Il tira vivement le corps inanimé de sa victime derrière le bureau, bondit vers la porte, prêt à frapper de nouveau.

Les pas ne s'arrêtèrent pas. Lenihan les entendit s'éloigner et tous ses muscles se relâchèrent. Il ôta ses grosses lunettes, ouvrit doucement la porte. Personne dans le couloir. Il marcha vers la sortie.

Quelques mètres plus loin, le couloir formait un coude. À l'angle, des vêtements étaient accrochés à un portemanteau. Lenihan se débarrassa de sa casquette et prit un chapeau. Trop grand. Il en essaya un autre, légèrement trop petit, mais qui pouvait aller. Il le garda et continua. Son cœur sonnait le tocsin, mais il avait recouvré un contrôle de soi presque parfait.

Une femme et deux gosses, arrivant de la direction opposée, s'engageaient dans l'escalier pour rejoindre le rez-de-chaussée. Lenihan les rattrapa et resta près d'eux, comme s'ils étaient ensemble. Il entendit une porte s'ouvrir à l'étage, derrière lui, et reconnut la voix de l'inspecteur qui avait commencé de l'interroger quelques minutes plus tôt. « Allez-y tous les deux, disait-il, et faites attention à ce qu'il ne se sauve pas. » Lenihan pensa qu'il s'agissait de lui. Les muscles de son dos se contractèrent, car quelqu'un qu'il supposait être le second agent passait sur le palier à moins de trois mètres en arrière.

Il avait le front couvert de sueur lorsqu'il arriva en bas. Il parla gentiment à l'un des gosses, une petite fille rousse avec une jolie frimousse et lui prit même la main, malgré le regard hostile de la mère. Ce fut ainsi qu'il passa devant le planton de service à l'entrée.

Il devait maintenant faire vite. Probablement en cet instant même, le second agent était-il en train de découvrir son collègue assommé. Lenihan aperçut quelques bicyclettes appuyées au mur. Le plus naturellement du monde, il en prit une, l'enfourcha et se lança dans la pente. Il avait très envie de pédaler à toutes jambes jusqu'à Port Bannatyne où le *Goblin* devait attendre, mais il pensait qu'Isobel devait le chercher sur la promenade le long de la baie et il ne pouvait pas l'abandonner.

Il arriva très vite sur le port, laissa la bicyclette dans un coin et se mêla immédiatement à la foule qui déambulait sur l'esplanade…

*

Enfermé dans une cabine téléphonique, sur cette même esplanade, Hubert Bonisseur de la Bath achevait d'informer le lieutenant de vaisseau Charles Eitzen des derniers développements de l'affaire tels qu'il les savait lui-même : l'arrestation de Lenihan, l'identification de Paul Finn et la sortie de celui-ci.

— Nous allons maintenant à Port Bannatyne. Je commence à craindre que le *Goblin* ne soit venu là pour embarquer tout le monde…

— Je n'ai malheureusement personne dans l'île pour vous aider, répliqua Eitzen. Mes gars et leur vedette sont à Toward Quay, sur le continent, juste en face de Port Bannatyne. Ils surveillent le *Goblin* avec une longue-vue afin de pouvoir le reprendre en chasse s'il repart. Voulez-vous que je vous envoie les types de la

Section spéciale de Scotland Yard ? Il vient d'en arriver trois de Glasgow. S'il faut boucler tout le monde, mieux vaut que ce soit eux qui opèrent. Si on les tient à l'écart, on aura des emmerdements. Sûr.

— Envoyez-les, accepta Hubert. Il ne faut jamais repousser les bonnes volontés.

— *Okay !* Je vais leur donner le Gale Bar comme point de chute. C'est près du port, mais un peu à l'écart. Ils y seront dans une heure. Pour vous faire reconnaître, parlez français avec Enrique. Ils vous demanderont si vous êtes Français, vous répondrez : non, nous sommes des Américains, mais nous avons tous les deux des ancêtres français. Celui qui vous aura adressé la parole répliquera : c'est drôle. Ma grand-mère maternelle était aussi une Française, originaire de Marseille… Vous vous souviendrez ?

— Je répète, dit Hubert.

Il répéta sans se tromper.

— *Okay !* approuva Eitzen. Je vous souhaite bonne chance. Oh ! j'allais oublier. Des scouts ont retrouvé le corps de Marion Anderson dans une grotte au bord du loch Tarsan, à dix kilomètres au nord-ouest de Sandbank.

Hubert raccrocha et rejoignit Enrique qui attendait dehors, sous la pluie.

— Maintenant, décida-t-il, on prend un taxi et on file jeter un coup d'œil sur ce fameux *Goblin.*

Ils retournèrent vers la jetée et trouvèrent sans difficulté un taxi, une vieille Humber noire, monumentale, avec une séparation intérieure vitrée, semblable à celles qui transportaient autrefois la reine mère.

— Nous allons recevoir des renforts, annonça Hubert. Trois types de Scotland Yard, de la Section spéciale.

— On avait bien besoin de ça, grogna Enrique.

— Ne râlez pas. Nous ne pouvons pas tout faire : surveiller la maison de Finn, le *Goblin* et les empêcher tous de jouer la fille de l'air s'ils en ont envie. D'autre part, avec les types de la Section spéciale, il va être possible d'aller bavarder un peu avec Lenihan au poste de police.

Hubert fit arrêter le taxi à bonne distance du port. Ils continuèrent à pied. Malgré la pluie qui tombait de nouveau, il y avait encore beaucoup de monde dans les rues. Beaucoup de bars étaient fermés, comme chaque dimanche en Grande-Bretagne et Hubert se demanda si le Gale serait ouvert.

Il vit soudain la vieille Morris Minor noire de Paul Finn et la reconnut sans contestation possible grâce au numéro minéralogique qu'il avait noté. Quelques pas encore et il découvrit le *Goblin* parmi les autres voiliers amarrés à quai.

Ils entrèrent dans une brasserie, au rez-de-chaussée d'un hôtel, et s'installèrent près de la paroi de verre qui fermait l'établissement du côté de la rue. De là, ils pouvaient voir à la fois le cotre et la Morris.

Ils commandèrent de la bière. Hubert paya immédiatement afin d'être prêt à partir sur l'instant en cas de nécessité. Autour d'eux, des hommes jouaient aux cartes, des familles endimanchées prenaient le thé. Deux garçons d'une dizaine d'années jouaient à se tuer à l'aide de deux Luger en matière plastique admirablement bien imités.

Il n'y avait aucun signe de vie sur le *Goblin*. Une demi-heure s'écoula sans que rien ne se produisît, puis Lenihan arriva. Hubert et Enrique ne l'avaient pas vu approcher et ils ne l'auraient sans doute pas remarqué, sans ses lunettes et coiffé d'un chapeau qui ne lui allait pas, s'il n'était pas monté à bord du cotre. Mais, ils reconnurent alors son manteau de loden et sa démarche.

Lenihan disparut aussitôt à l'intérieur du bateau. Quelques instants plus tard, Gordon, le nain, monta sur le pont et entreprit de ramener la passerelle. Hubert jura :

— Bon Dieu ! Ils vont foutre le camp.

Il regarda Enrique.

— Vous êtes probablement comme moi, sans armes ?

Enrique haussa les épaules.

— Juste ma corde et pas montée. Je ne pouvais pas prévoir…

Le regard d'Hubert dévia, accrocha les imitations de Luger avec lesquelles jouaient les gosses. Il les appela.

— Hep ! faites voir un peu votre artillerie.

Très fiers, les deux garçons vinrent montrer leurs jouets. Hubert et Enrique en prirent chacun un, les examinèrent :

— Beau travail, apprécia Enrique. Je suis sûr qu'à deux mètres, s'il fait un peu sombre, comme maintenant, ça doit faire illusion…

— J'en suis convaincu, répliqua Hubert. Combien avez-vous payé ça, les enfants ?

— Une livre pièce, m'sieur.

— Je vous les achète deux livres pièce, proposa Hubert. C'est pour faire une blague à des amis.

Un des gosses recula vivement, serrant son jouet contre sa poitrine.

— Il est dingue ! assura-t-il à son compagnon.

Mais, l'autre était intéressé.

— Deux livres ? répéta-t-il.

— Deux livres chacun, confirma Hubert. Mais, c'est tout de suite. Dans deux minutes, ça ne marchera plus.

— Moi, je veux pas vendre mon Luger, protesta le premier.

L'autre le regarda, un peu méprisant :

— Tu penses pas qu'avec deux livres on pourrait s'acheter les mitraillettes. Tu te souviens des mitraillettes ? Vachement chouettes, hein ?

Il fit semblant d'en tenir une à hauteur de sa hanche et balaya tout l'établissement d'un tir aussi trépidant qu'imaginaire.

— *Tatatatatatatatatatatatatatata !*

Le visage du premier s'éclaira. Il tenta une dernière objection, bien qu'il fût déjà convaincu.

— Et nos vieux qu'est-ce qu'ils vont dire ?

L'autre haussa les épaules, méprisant.

— Ils vont même pas s'en apercevoir.

Hubert avait sorti de son portefeuille quatre billets d'une livre.

— Alors, on y va ? questionna-t-il.

— On y va, décidèrent les gamins.

Ils posèrent leurs armes sur la table et empochèrent chacun deux billets. Hubert prit un des faux Luger et le mit dans la poche de son imperméable. Enrique en fit autant. Ils se levèrent.

— Si c'est pour faire une blague, reprit le plus dégourdi des garçons, on pourrait peut-être aller avec vous. Nous, les blagues on aime ça. Pas vrai ?

— Sûr, approuva l'autre.

— Je regrette les enfants, dit Hubert. Mais si vous étiez avec nous, ça ne marcherait pas. On reviendra vous raconter.

Ils sortirent. Le vent et la pluie leur coupèrent un instant le souffle. Gordon avait ramené la passerelle et s'occupait de larguer les amarres. Hubert fonça, suivi d'Enrique qui râlait contre l'inconscience des parents.

— Les laisser jouer avec des trucs comme ça, à leur âge, comment voulez-vous qu'il n'y ait plus de guerres ? Je vous le demande.

Hubert était pleinement d'accord avec lui, mais il ne prit pas la peine de lui répondre. Ils arrivèrent à vingt mètres du cotre sans s'être fait remarquer. Le moteur auxiliaire tournait et la puissance de son échappement fit comprendre à Hubert qu'il ne s'agissait pas d'un moteur auxiliaire ordinaire, mais d'un gros engin certainement capable d'entraîner le bateau à grande vitesse.

Gordon qui revenait vers le cockpit aperçut Hubert à l'instant où celui-ci bondissait depuis le quai pour sauter à bord. Il s'immobilisa, stupéfait. Enrique lui arriva dessus comme la foudre.

— Si vous faites l'imbécile, vous êtes mort, gronda-t-il. Rentrez.

Gordon regarda le Luger collé contre la hanche d'Enrique et obéit. Hubert entra dans le cockpit. Moira Babins était aux commandes. Très occupée par la manœuvre, elle ne s'était encore aperçue de rien. Hubert hésita un dixième de seconde. Il y avait deux hommes en bas, les plus dangereux. La prudence commandait de les attaquer d'abord. Il dégringola l'escalier qui conduisait au poste arrière, Luger au poing, sachant parfaitement que l'effet de surprise était son meilleur atout.

Il vit trop tard un manche à balai soudain poussé en travers des marches et ne put l'éviter. Les pieds brusquement bloqués, il plongea en avant. Une table occupait le centre du poste et Hubert se rendit compte qu'il allait s'assommer dessus s'il n'amortissait pas le choc. Il lâcha son faux Luger et abattit ses mains à plat sur la bordure de la table, tous ses muscles bandés. Il ne put empêcher sa tête de cogner, mais sans grand mal. Lorsqu'il se releva, il découvrit Lenihan et Finn, placés de part et d'autre de l'escalier et qui le tenaient sous la menace de leurs armes ; des armes qui n'étaient sûrement pas factices.

— Si vous prévenez votre camarade, dit doucement Paul Finn, vous êtes un homme mort.

La dureté de son regard et sa froide assurance impressionnèrent Hubert. Puisqu'ils n'avaient pas déjà tiré, c'était qu'ils n'avaient pas l'intention de les tuer ; du moins, pas tout de suite. Et, de toute façon, Enrique ne pourrait rien contre ces deux-là, avec son faux Luger.

Lenihan vint ramasser celui d'Hubert et un éclat de rire le secoua.

— C'est avec ça que vous vouliez nous avoir ? s'exclama-t-il.

Il lança le jouet vers Paul Finn qui l'attrapa de la main gauche.

— Mes moyens ne me permettaient pas d'en acheter un vrai, prétendit Hubert. Et, après tout, il n'y a que l'illusion qui compte…

Il se frotta le front.

— À condition qu'elle dure, remarqua froidement Paul Finn.

Il lança le jouet sur une banquette et dit à Lenihan :

— Allez chercher l'autre, là-haut.

Lenihan monta. Paul Finn expliqua :

— Nous vous avions vus arriver par ce hublot.

Il le montra. Hubert haussa les épaules.

— Nous n'avions pas le choix. Vous alliez partir et il nous fallait agir vite.

— Je comprends bien, répliqua Paul Finn.

Enrique Sagarra arrivait, pas très glorieux, les mains levées à hauteur des épaules. Paul Finn les fit ranger tous les deux au fond du poste, le nez contre la cloison. Le bateau manœuvrait de nouveau, s'éloignait du quai, virait en direction du large. Hubert se mit à penser que les hommes de Charles Eitzen devaient observer le départ du *Goblin* et se disposer à le prendre en chasse. Mais, comme s'il avait deviné, Paul Finn reprit au même instant :

— Pour vous ôter vos dernières illusions, nous savons qu'une vedette rapide de la marine américaine a suivi le *Goblin* depuis le Holy Loch, ce matin, et que ses occupants nous surveillent depuis Toward Quay, où elle est amarrée, de l'autre côté du goulet. Mais, si nous partons maintenant, c'est que le *Queen Mary II* qui fait chaque dimanche l'excursion des Kyles of Bute arrive en ce moment même de Tighnabruaich, en direction d'Innellan. Nous allons partir en nous cachant derrière lui et quand vos amis s'apercevront que nous ne sommes plus là, il sera trop tard. Avec une visibilité aussi réduite, ils ne sauront pas si nous avons remis le cap sur Dunoon ou au contraire descendu l'estuaire vers le large. À vous, je peux bien le dire, c'est cette dernière solution que nous allons adopter. Nous vous offrons une croisière surprise, messieurs.

Hubert et Enrique avaient senti leur moral se dissoudre aussi rapidement qu'un morceau de sucre placé sous un robinet d'eau chaude ouvert en grand. Hubert répliqua néanmoins :

— Vraiment, je ne sais pas si le moment est bien choisi. S'il faut en croire les journaux, la mer est très, très mauvaise.

11

Le capitaine de vaisseau Dean L. Beswick, dit le « Pacha » et commandant le Squadron 14, regarda pensivement le lieutenant de vaisseau Charles W. Eitzen, responsable de la sécurité, qui venait de lui faire un rapport sur les derniers événements.

— Si j'ai bien compris, répliqua-t-il, le colonel Hubert Bonisseur de la Bath et son adjoint, Enrique Sagarra, ont été enlevés à bord du *Goblin* par les membres du réseau soviétique, probablement au complet, et le *Goblin* a pu échapper à la surveillance de vos hommes en se dissimulant derrière un des steamers qui assurent le service dans l'estuaire de la Clyde. Le *Goblin* n'a pas rejoint son mouillage dans le Holy Loch et des recherches poussées de Campbeltown à Glasgow n'ont pas permis de le retrouver. On peut donc en conclure qu'il a pris le large, malgré la tempête, et qu'il a peut-être actuellement rejoint l'un des nombreux chalutiers soviétiques qui guettent nos sous-marins dans le canal du Nord…

— C'est exactement ça, approuva Eitzen. En collaboration avec les inspecteurs de la Section spéciale de Scotland Yard, nous avons perquisitionné aux domiciles respectifs des Babins, de Lenihan et de Paul Finn, qui est probablement le chef du réseau. Sans résultat. Ils ont détruit ou emporté tout ce qui aurait pu les compromettre.

Le Pacha alluma lentement une cigarette.

— En somme, reprit-il, c'est ce que l'on pourrait appeler un échec complet ?

— J'aime le conditionnel, riposta Eitzen.

Le Pacha lui lança un coup d'œil aigu.

— Pourquoi ?

— Parce que, mon commandant, un cotre ou un chalutier, dans le canal du Nord, ça doit se retrouver.

— Vous voulez que nous demandions le concours de la marine britannique ?

— Je n'en vois pas la nécessité. En dehors des eaux territoriales, nous pouvons opérer sans que nos alliés aient quelque chose à dire.

Le capitaine de vaisseau Beswick fronça les sourcils, ôta la cigarette de sa bouche.

— Il faudrait savoir de quelles unités nous pouvons disposer dans la mer d'Irlande et il nous faudrait ensuite l'accord de Washington, au moins pour le chalutier éventuel. Le cotre étant immatriculé dans un port britannique, cela pourrait passer…

— Le *George Washington* n'est-il pas prêt à reprendre la mer ? questionna doucement Eitzen.

Le Pacha sursauta.

— Vous êtes malade, mon vieux ! Nous ne pouvons pas risquer un de nos sous-marins atomiques dans une pareille entreprise…

— Il pourrait s'agir d'un accident, reprit Eitzen d'un ton suave. Écoutez-moi…

*

Hubert Bonisseur de la Bath rêvait qu'il marchait debout, en équilibre, sur le garde-fou d'un viaduc. À droite, les voies de chemin de fer luisantes de pluie dans l'obscurité, à gauche un gouffre noir, insondable. Brusquement, un train émergea de la nuit, avec un bruit terrifiant. Surpris, Hubert fit un faux pas et tomba dans le vide. Glacé d'épouvante, il pensa qu'il allait mourir. Et puis ce fut le choc, l'écrasement final.

Il était dans les ténèbres et un vacarme infernal résonnait dans sa tête douloureuse. Il se sentit projeté et heurta quelque chose de dur. Cela finit de le réveiller. Il se rendit compte qu'il était vivant, mais il ne savait pas encore où il était, ni les raisons de tous ces mouvements désordonnés qui lui étaient imposés, de ces bruits assourdissants.

Puis, la mémoire lui revint. L'enlèvement à bord du *Goblin*, le marché proposé par Kenneth Lenihan ; ou bien ils acceptaient, Enrique et lui, de prendre un somnifère, ou bien des mesures extrêmes seraient prises pour les neutraliser. Ni Lenihan, ni Paul Finn ne paraissaient enclins à la moindre indulgence et ils semblaient, au contraire, tout à fait décidés à tuer leurs prisonniers plutôt que de courir le moindre risque à cause d'eux. Enrique s'était mis à siffloter : « Tant qu'y a d'la vie, y a d'l'espoir » et, Hubert étant lui-même bien persuadé que seule la mort est un accident irréparable, ils avaient choisi le somnifère.

Depuis combien de temps dormaient-ils ? Où était Enrique ? Étaient-ils toujours à bord du *Goblin* ? Hubert roula sur le dos. Il chercha dans la poche intérieure de sa veste sa lampe-stylo. Elle y était encore, de même que son portefeuille. Il la sortit et l'alluma.

Il était dans une cabine de bateau. Une cabine exiguë, rustique, avec deux couchettes superposées d'un côté, un placard de l'autre, un étroit passage entre les deux, dont les extrémités aboutissaient respectivement à une porte et à un hublot.

Hubert se mit assis et recula sur les fesses pour s'adosser à la porte. Il dut aussitôt s'arc-bouter des deux pieds pour s'empêcher de glisser. Le bateau, qui n'était certainement pas le *Goblin*, roulait, tanguait, se cabrait, plongeait, craquait de toutes ses membrures, follement secoué par une mer en folie. De temps à autre, les hélices sortaient de l'eau et les moteurs s'emballaient alors, transformant un court instant tout le bâtiment en un gigantesque vibromasseur.

De sa main gauche, Hubert saisit solidement l'échelle qui permettait d'accéder à la seconde couchette. Puis, il ramena ses pieds sous lui et se leva. Le bateau se dressa, puis se coucha et retomba brutalement dans un creux, avec un bruit énorme, comme un coup de canon. Hubert avait dû lâcher l'échelle lorsqu'il avait senti que son épaule était sur le point de se déboîter. Il alla s'écraser contre le placard et glissa sur les genoux, à demi assommé.

Sa lampe était tombée. Il essaya de la reprendre, mais elle roulait dans tous les sens, comme animée d'une volonté propre de lui échapper. Il réussit quand même à la rattraper, puis à se mettre debout, solidement accroché à l'échelle.

Il vit alors Enrique, à plat ventre sur la couchette supérieure dont le rebord assez haut l'avait jusqu'alors empêché de tomber.

Hubert lui braqua la lumière en plein visage. Enrique entrouvrit les paupières, péniblement. Ses lèvres bougèrent, mais Hubert n'entendit pas ce qu'il avait murmuré. S'ils voulaient se parler, il leur faudrait hurler pour dominer l'effroyable tumulte.

Hubert récupérait rapidement. Son cerveau fonctionnait plus librement et il retrouvait le contrôle de ses muscles. D'instinct, il épousait en souplesse les mouvements désordonnés du bateau. Il parvint à lâcher l'échelle, essaya d'ouvrir la porte. Elle était bloquée, sans doute de l'extérieur. Il se déplaça jusqu'au hublot, masqué par un rideau noir qu'il écarta d'un geste. Le bâtiment plongeait à cet instant-là dans un creux, moteurs emballés, roulant d'un bord sur l'autre. Hubert vit arriver la vague suivante, haute comme une maison de six étages. Par réflexe, il se protégea de son avant-bras levé à hauteur du visage. La montagne liquide s'écrasa sur le bateau. Pendant un temps qui lui parut interminable, Hubert ne vit plus que de l'eau et il crut qu'ils avaient coulé. Puis, grinçant de toutes ses membrures, le bâtiment émergea de nouveau.

Hubert se retourna pour ne pas voir déferler la vague suivante. Il pensait que ce n'était pas un spectacle susceptible de lui remonter le moral.

Il fit l'inventaire de ses poches. On lui avait tout laissé, excepté son couteau. Il entreprit ensuite d'examiner leur prison. Le placard était lui aussi fermé à clé. Il n'y avait rien sous la couchette inférieure. Hubert souleva la couverture. Il n'y avait pas de drap, mais le matelas et la couverture portaient des marques écrites en russe. Hubert, qui avait suivi longtemps des cours de russe dans l'une des écoles spécialisées de la CIA, les déchiffra sans peine. Ce fut ainsi qu'il apprit le nom du bateau, le *Nikolsk*, et il en déduisit qu'il devait s'agir d'un de ces mystérieux chalutiers soviétiques, bardés d'antennes radars et de radio, qui « pêchent » régulièrement dans certains secteurs stratégiques, au large de l'embouchure de la Clyde, de Cap Canaveral, de l'île

Wallops, et sur l'emplacement des manœuvres navales annuelles de l'Otan.

Hubert se redressa. Appuyé sur un coude, Enrique le regardait.

— Qu'est-ce qu'il se passe ? cria-t-il. Où sommes-nous ?

— Nous sommes sur un chalutier russe, répliqua Hubert sur le même ton. Et si cette tempête ne nous envoie pas par le fond, nous risquons fort de nous retrouver à Leningrad ou quelque part aux alentours...

Enrique passa ses doigts écartés dans sa chevelure sombre. Un mouvement du bateau le plaqua contre la cloison. Il fouilla dans une poche intérieure, en sortit un petit opuscule de papier blanc glacé.

— Prêtez-moi votre lampe, demanda-t-il.

Hubert venait de découvrir l'interrupteur près de la porte. Il appuya dessus et la cabine s'illumina.

— Vive la lumière ! cria Enrique.

Il ouvrit l'opuscule et lut :

— Où trouver du secours quand vous vous sentez... anxieux... avoir besoin de protection divine... en recul ou vaincu... À votre avis, qu'est-ce qui s'applique le mieux à notre situation ?

Hubert remit sa lampe éteinte dans sa poche. Il perdit l'équilibre, alla durement heurter le placard des épaules.

— Restez avec nous ! cria Enrique qui paraissait en grande forme.

Hubert attendit que le bateau remontât de l'avant, ce qui le ramena automatiquement vers les couchettes. Mais quelque chose lui heurta le dos : la porte du placard que le choc venait d'ouvrir.

Le placard était vide, mais le fond en contreplaqué ne parut pas à Hubert d'une solidité à toute épreuve.

Il s'appuya des deux mains à la couchette d'Enrique, tendit les bras en reculant, leva son pied droit, appliqua la semelle de sa chaussure sur le fond du placard et poussa de toutes ses forces.

Il y eut un craquement sinistre, qui se confondit avec le vacarme ambiant. La cloison céda, mais quelque chose la bloquait de l'autre côté. Hubert donna quelques grands coups de pied, puis se remit à pousser. Très entraîné physiquement, il disposait d'une puissance considérable. À l'instant où Enrique lui proposait enfin de l'aider, tout s'écroula.

Il se retourna pour juger du résultat. Il y avait de l'autre côté un placard en tous points semblable et il avait fallu vaincre la résistance des portes et des planches horizontales.

Hubert dégagea le passage et le franchit. Il se retrouva dans une cabine identique à la leur. Il saisit la poignée de la porte, constata que celle-ci n'était pas verrouillée.

— Éteignez la lumière, cria-t-il à l'intention d'Enrique.

L'obscurité se fit. Hubert entrouvrit prudemment la porte et découvrit une coursive parcimonieusement éclairée par des lampes bleutées. Personne en vue. Tout l'équipage devait être mobilisé pour lutter contre la tempête.

Hubert referma, alluma dans la cabine où il se trouvait, revint vers Enrique qui était descendu de sa couchette.

— Avez-vous une idée du nombre d'hommes qu'il peut y avoir sur ce sacré bateau ? lui demanda-t-il.

— Aucune idée. Entre quinze et trente, peut-être. Pourquoi ? Vous croyez qu'à nous deux on pourrait s'en emparer ?

— Je ne crois rien, répliqua Hubert. Mais, je pense qu'il serait bon d'avertir Eitzen de ce qui nous arrive…

— On peut lui envoyer une carte postale.

— Ne dites pas de sottises. Il suffirait que l'on puisse tenir la cabine de radio pendant deux ou trois minutes, le temps d'expédier un message.

Enrique objecta :

— Et vous pensez qu'Eitzen serait justement à l'écoute ?

— Vous ignorez que les services de sécurité du Squadron 14 ont un poste d'écoute permanente sur les fréquences employées par les chalutiers soviétiques. Tout est enregistré.

— Vous m'en direz tant, mon cher…

— Il s'agit de neutraliser les gens, reprit Hubert, pas de les tuer. Tant qu'il n'y aura pas de sang versé, nous aurons une chance de nous en tirer. Ne l'oubliez pas.

Enrique prit un air offensé.

— Pourquoi vous me dites ça ? On dirait vraiment que j'ai l'habitude de tuer à tort et à travers…

— Vous laissez votre corde à piano au vestiaire, insista Hubert.

Enrique portait toujours sa terrifiante corde à piano autour de son cou, glissée dans le col et sous les revers de sa veste. Il lui suffisait pour la rendre « opérationnelle » de trouver deux poignées improvisées et de les fixer aux extrémités.

— On y va ? questionna-t-il.

— On y va, décida Hubert.

Ils sortirent par l'autre cabine et refermèrent la porte.

*

Dans la timonerie, solidement installé dans son fauteuil à pivot, le capitaine du *Nikolsk* observait l'une après l'autre les vagues énormes, monstrueuses qui se ruaient sur son bateau à intervalles réguliers et s'écrasaient sur lui à grand fracas. Chaque fois, pendant d'interminables secondes, le capitaine avait l'impression de se trouver sous un gigantesque aquarium, puis le bateau remontait, l'eau dégoulinait de toutes parts, les vitres reprenaient une transparence brouillée qui permettait tout juste d'apercevoir la vague suivante.

Un très court instant, le capitaine regarda l'homme de barre dont le visage blême et tendu reflétait la lumière verdâtre du compas lumineux. Au-delà, le capitaine en second se tenait courbé sur la visière de l'écran-radar.

Une lame s'abattait de nouveau sur le *Nikolsk* qui encaissait en craquant de partout comme s'il allait se rompre. Le capitaine se leva. Dans la pénombre, le cuivre du chadburn brillait doucement. Le capitaine regarda le sondeur électronique. Tout à l'heure, il leur faudrait tâter les fonds, avant de faire demi-tour.

Ils étaient pris au piège dans ce canal du Nord, comme un poisson dans une nasse. Le vent, de force 9 à 10, soufflait de l'ouest et le *Nikolsk* n'aurait pu l'accepter longtemps de travers sans risquer de se retourner, avec des creux de dix à quinze mètres. La solution normale aurait été, bien sûr, de prendre la mer derrière et d'aller se mettre à l'abri dans l'estuaire de la Clyde qui ne manquait pas de ports bien protégés. Mais, le *Nikolsk* n'était pas un navire normal et les solutions normales n'étaient pas pour lui. Tout ce que le capitaine pouvait faire était de naviguer face au vent jusqu'à la limite des eaux territoriales irlandaises, puis de revenir vent arrière vers les côtes écossaises, ce qui reposait le bateau aussi bien que l'équipage, avec toujours l'obligation de refaire demi-tour avant de pénétrer dans les eaux territoriales britanniques.

Le capitaine eut une pensée pour le *Goblin* qu'ils avaient dû abandonner après avoir embarqué ses occupants, puis il se déplaça vers la chambre d'écoute, située derrière la timonerie. Il s'accrochait comme il pouvait, se balançant sur ses jambes à demi fléchies pour conserver son équilibre. Il s'encadra dans la porte, agrippé aux montants. Attaché sur son fauteuil, l'officier radio de service écoutait une émission de morse qui crépitait, à peine audible dans le vacarme. Il remonta son casque et regarda le capitaine, avec un mouvement négatif de la tête signifiant qu'il n'y avait rien de réellement intéressant. Le capitaine observa un instant tous les appareils, les émetteurs, les récepteurs, les enregistreurs, puis il profita d'un mouvement favorable du bateau pour approcher de la table et s'emparer du cahier d'écoutes.

Comme toujours lorsque sévissaient de pareilles tempêtes, les ondes transportaient surtout des messages de détresse. Un certain nombre de bâtiments, des petits et des gros, naviguant dans la mer du Nord, dans la mer d'Irlande ou dans l'Atlantique Nord, se trouvaient en difficultés plus ou moins sérieuses. Les « Maiday » et les « Pan » abondaient[1]. Mais cela n'intéressait pas le *Nikolsk*. Le *Nikolsk* n'était pas un bateau de sauvetage et ses consignes interdisaient même à son capitaine de porter secours à des confrères en difficulté. Personne ne devait pouvoir témoigner de l'équipement inhabituel des chalutiers espions.

---

1. Termes respectivement employés dans le code international pour exprimer une demande d'assistance immédiate ou signaler des difficultés susceptibles de s'aggraver. *Maiday* est traduit en morse par « S.O.S. », *Pan* par « XXX ».

Le capitaine reposa le cahier, gratifia l'officier radio d'une claque amicale sur l'épaule et regagna tant bien que mal la timonerie. Le bateau plongeait dans un creux insensé, la proue en l'air, et ses hélices s'affolaient dans le vide. Puis il buta dans la muraille liquide qui lui arrivait dessus à la vitesse d'un train express. Le capitaine eut l'impression que son malheureux bâtiment venait d'en éperonner un autre. Sous l'effet du terrible coup de frein, il fut projeté en avant et heurta l'homme de barre avant de s'affaler sous les vitres submergées…

*

Sur le pont principal, derrière le château, Hubert et Enrique se relevèrent, trempés jusqu'aux os, aveuglés, le souffle coupé, les tripes nouées. Ils avaient peur, mais aucun d'eux ne l'aurait avoué, aucun d'eux n'aurait proposé de faire demi-tour.

Alors que le *Nikolsk* piquait de nouveau du nez, ils profitèrent de l'inclinaison pour se glisser jusqu'à l'échelle qui conduisait à la passerelle.

Ils grimpèrent sur leur lancée jusqu'au palier et s'aplatirent à l'abri de la plaque de tôle qui s'incurvait en avant. Des tonnes d'eau s'abattirent sur eux. Ils crurent qu'ils allaient être emportés et perdirent à demi conscience. Puis, une fois de plus, le bateau se redressa en s'ébrouant et la mer reflua de toutes parts.

Hubert se releva. Par un hublot latéral, il découvrit la timonerie, habitée de silhouettes sombres qui se découpaient dans une lumière glauque, fantomatique. Il recula sur la passerelle latérale, trouva une porte marquée d'un zigzag et l'ouvrit.

Enrique suivit Hubert dans la chambre d'écoute et referma immédiatement la porte. L'officier-radio, qui n'avait aucune raison de se méfier, ne les regarda même pas. Il était penché de l'autre côté, occupé à ramasser son cahier d'écoutes qui était tombé. Il n'eut même pas le temps de se redresser. Les jambes écartées, solidement appuyé de la main gauche sur la table, Hubert le frappa d'un *atemi* foudroyant sous l'oreille.

Enrique dépassa la table et se fixa près de la porte grande ouverte sur la timonerie. Il aperçut le capitaine qui s'essuyait le visage en s'agitant sur son fauteuil, l'homme de barre, le capitaine en second penché sur l'écran-radar. Maintenant, les éléments déchaînés allaient travailler pour eux en les protégeant.

Hubert examinait rapidement le cahier ouvert sur la table. Il y trouva le dernier point établi à l'aide des radiophares du secteur : 5° 47' de longitude E. et 55° 08' de latitude N. Il brancha l'émetteur, se cala contre le fauteuil, saisit le manipulateur et expédia en morse le message suivant : « DE HUBERT LA VERNE POUR CHARLES EITZEN STOP SOMMES PRISONNIERS À BORD CHALUTIER RUSSE NIKOLSK DERNIÈRE POSITION 5.47 LONG E 55.08 LAT N STOP NAVIGUONS FACE AU VENT STOP COMPTONS SUR VOUS STOP HUBERT. TERMINÉ. »

Enrique, arc-bouté au coin de la porte, continuait de surveiller la timonerie. Tout allait bien. Hubert alluma le poste VHF et entreprit de transmettre le même message en phonie. La pendule accrochée au mur devant lui indiquait quatre heures quarante-sept minutes.

Il prit l'écoute, espérant recevoir un message en réponse. Tant qu'il n'y avait pas de réactions, ils pouvaient rester là.

*

Le sous-marin atomique *George Washington* naviguait au sud-ouest à immersion périscopique, mais depuis des heures l'homme de quart au périscope ne voyait rien d'autre que des montagnes d'eau qui se succédaient à intervalles rapprochés et l'aveuglaient chaque fois pendant de longues secondes.

Le commandant était dans son bureau, ayant laissé à son second le soin de conduire le bâtiment. Charles Eitzen était avec lui, installé dans un fauteuil, les jambes croisées, suçotant avec nervosité une cigarette non allumée.

– Je ne pense pas que nous puissions les retrouver tant que cette tempête durera, dit le commandant. Et puis…

Il hésita, continua :

– Je crains qu'un cotre aussi léger que le *Goblin* ne puisse résister par un temps pareil. Surtout que son équipage paraît uniquement composé d'amateurs.

Eitzen ne répondit pas. Il pensait à Hubert et ses pensées n'étaient guère optimistes. Il consulta sa montre : quatre heures quarante-huit. Lorsque le jour serait levé et si le mauvais temps s'arrangeait un peu, ils pourraient demander l'aide de l'aéronavale britannique…

Un matelot frappa, puis entra, portant un message radio qu'il remit au commandant. Celui-ci en prit connaissance, avec une lenteur qui irrita Eitzen. Enfin, il le tendit à celui-ci.

– J'ai bien peur que tout ne soit terminé, dit-il d'une voix assourdie.

Charles Eitzen lut le message, en provenance du *Proteus*. Il signalait que l'épave du *Goblin* avait été jetée à la côte un peu au nord de Girvan. Il n'y avait plus personne à bord.

Charles Eitzen se sentit brusquement très las et très triste. Le commandant, qui l'observait, demanda :

— Puis-je donner l'ordre de faire demi-tour ?

Eitzen sursauta. Il se lissa les paupières avec ses doigts joints, respira profondément et répondit :

— Je crois que vous pouvez.

Il se leva brusquement.

— C'est terrible, ajouta-t-il.

Le matelot revenait, un autre message à la main. Le commandant le prit et lut. Eitzen sortait. Le commandant le rappela.

— Bon Dieu ! Lisez ça !

Eitzen revint. Le message reproduisait les deux appels lancés par Hubert et que les services d'écoute permanente du *Proteus* avaient captés et enregistrés.

— Je vais finir par croire aux miracles, dit Eitzen.

Le commandant fit la grimace.

— Cela n'arrange pas les choses, objecta-t-il. Nous ne pouvons pas arraisonner un chalutier soviétique en haute mer sans déclencher un très grave incident…

Charles Eitzen marcha vers la carte fixée au mur. Il l'examina un instant. Puis, ses larges épaules parurent s'affaisser. Il se retourna et regarda le commandant, un étrange sourire au coin des lèvres.

— Qui vous a parlé de l'arraisonner ? demanda-t-il.

12

La sonnerie métallique du chadburn grelotta dans tout le bateau. L'homme de barre fit pivoter la roue du gouvernail. Le *Nikolsk* abattit à bâbord, se coucha sur la vague. Surpris, Hubert et Enrique ne purent s'empêcher de glisser jusqu'à la cloison. Une vague monstrueuse arriva par le travers. Hubert eut l'impression que le chalutier explosait. Assis contre la paroi, il vit le plancher basculer et ses pieds monter plus haut que sa tête. Il pensa que le *Nikolsk* chavirait, que tout était fini.

Mais, les coups de chadburn se succédaient, rapides. Les moteurs vibraient, la coque craquait de toutes parts, la mer recouvrait tout, puis refluait. Soudain, comme par miracle, le chalutier se hissa sur le dos d'une lame, vent arrière, et tout devint alors d'une facilité apparemment dérisoire. Le *Nikolsk* glissait sans heurt, montant et descendant comme un chariot de montagne russe solidement posé sur ses rails. Un dernier coup de chadburn avait réduit le rythme des machines. Ils étaient sauvés.

Hubert se redressa, étourdi, la tête vide. Près de lui, Enrique en faisait autant et considérait avec un curieux détachement un de ses ongles à demi arraché. Hubert se mit à penser que cette pause dans la lutte du chalutier contre la tempête allait permettre à l'équipage de circuler à nouveau et qu'ils ne pourraient plus, sans armes, rester longtemps libres de leurs mouvements. Il fallait avertir Eitzen du changement de cap. Il le fallait.

Hubert retourna vers la table. Il titubait comme un homme ivre. Il vit l'officier-radio bouger, relever la tête, mais il n'y prêta pas l'attention requise. Il voulut brancher le VHF et transmettre en phonie, mais l'officier se mit à hurler à l'aide et le repoussa.

Le capitaine arriva. Puis, venant de l'extérieur, le bosco qui s'était aperçu de l'évasion des prisonniers et qui avait pris le soin de s'armer d'une mitraillette.

C'était fini. Hubert et Enrique levèrent les bras. Un filet de sang coulait sur la main de celui-ci. L'officier-radio, qui ne se rendait pas compte exactement de ce qui s'était passé, expliquait en se massant le cou :

— Il m'a frappé et il a essayé de prendre le contrôle du VHF, qu'est-ce que vous dites de ça ?

Hubert, qui entendait le russe, comprit que le radio croyait avoir été frappé à l'instant. Inutile de le détromper. Le capitaine regarda Hubert.

— Vous vouliez envoyer un message ? questionna-t-il.

— Oui, répondit Hubert. Je venais juste de me rappeler que c'était aujourd'hui l'anniversaire d'un de mes amis.

Le capitaine ne sourit pas, mais il ne semblait pas hostile.

— Je vais vous faire reconduire en bas, annonça-t-il, et nous allons être obligés de vous attacher. Je le regrette.

— Pas tant que nous, dit Enrique.

Sincère.

*

Le jour s'était levé, un jour gris et sale et, dans le même temps, la tempête s'était calmée, les vents tombant à la force 4 ou 5. La mer restait dure, mais cela n'avait plus aucun rapport avec ce qui s'était passé dans la nuit.

Vers sept heures, la pluie se mit à tomber. Le *Nikolsk* continuait de tailler sa route, ayant de nouveau fait demi-tour et laissant derrière lui un large sillage d'écume blanche qui ressemblait à de l'eau de lessive.

Paul Finn, le visage crayeux, les traits tirés, entra dans la cabine où se trouvaient Hubert et Enrique, solidement attachés sur les couchettes. Une bonne odeur de café entra en même temps que lui.

– J'ai appris votre escapade de cette nuit, dit-il à Hubert. Vous n'avez pas eu de chance.

– On ne peut pas toujours réussir, répliqua hypocritement Hubert.

– Je vous ai apporté du café.

– C'est bien gentil, mais comment allons-nous le boire ?

– Je vais vous détacher. Maintenant, nous ne vous laisserons plus sans surveillance.

Il joignit le geste à la parole, commençant par Hubert.

– Vous devriez être content, reprit-il, de vous trouver à bord d'un de ces chalutiers qui inquiètent tant vos services. Vous êtes probablement le premier agent américain à être monté sur l'un d'eux.

– J'en suis très flatté, assura Hubert.

Il se mit à masser ses poignets et ses chevilles engourdis, cependant que Paul Finn libérait Enrique. Le cuisinier entra et leur servit du café brûlant qu'ils burent avec avidité.

— Peut-on connaître vos projets en ce qui nous concerne ? demanda Hubert.

— Je vous emmène en Russie, répondit simplement Paul Finn. Vous serez interrogés et nous verrons ensuite ce que nous pourrons faire de vous. Je peux vous affirmer que vous serez bien traités…

Ce fut à cet instant que le choc se produisit. Le *Nikolsk* fut soudain soulevé, puis rejeté sur le côté. Il y eut un grand bruit ; puis une cascade d'objets divers tombant partout dans le bateau. Paul Finn, projeté sur le cuisinier, s'était ébouillanté avec le café. Il se redressa, livide.

— Qu'est-ce qui a bien pu se passer ? demanda-t-il.

Quelques secondes plus tard, une sonnerie stridente se déclencha. Paul Finn s'éloigna dans la coursive, s'appuyant sur une cloison car le chalutier donnait déjà de la bande. Le cuisinier avait disparu. Hubert et Enrique suivirent le même chemin. Les haut-parleurs se mirent à lancer des ordres du capitaine pour une évacuation immédiate.

Ils arrivèrent sur le pont et découvrirent alors avec stupeur la silhouette caractéristique d'un sous-marin atomique américain en panne à quelques encablures. Des officiers étaient sur la passerelle. Hubert reconnut l'athlétique carrure de Charles Eitzen. À l'aide d'un porte-voix, un officier se mit à crier des excuses : ils n'avaient pas vu le chalutier et l'avaient heurté par mégarde en faisant surface. Ils étaient prêts à recueillir tous les naufragés.

Sans l'ombre d'une hésitation, Hubert enjamba la rambarde et plongea, immédiatement suivi d'Enrique. Ils nagèrent vigoureusement jusqu'au *George Washington* qui se balançait sur les vagues. Eitzen lui-même les aida pour monter à bord. Ils se regardèrent, mais ils ne trouvèrent rien à se dire et se mirent simplement à rire, un rire nerveux qui soulageait une trop longue tension.

Le *George Washington* manœuvrait lentement pour se rapprocher de sa victime. Le capitaine du chalutier avait donné l'ordre de mettre les canots à la mer, mais tout allait trop vite. L'équipage et les passagers sautèrent quelques minutes seulement avant que le *Nikolsk* éventré ne sombrât.

*

L'étonnante nouvelle volait déjà sur les ondes autour de la terre. Un sous-marin atomique américain avait abordé accidentellement dans la tempête un chalutier soviétique qui avait immédiatement coulé. L'équipage au complet avait été sauvé et le gouvernement des États-Unis proposait déjà d'indemniser le gouvernement soviétique pour les pertes subies.

Le *George Washington* avait remis le cap sur l'estuaire de la Clyde. Hubert, auquel on avait prêté des vêtements secs, se rendit dans le carré où se trouvaient réunis un certain nombre de rescapés, dont Paul Finn, Lenihan et les Babins, tous enveloppés dans des couvertures.

Hubert, s'adressant plus particulièrement à Paul Finn, dit avec un sourire à peine ironique :

— Vous devriez être contents de vous trouver à bord d'un de ces sous-marins atomiques qui inquiètent tant vos services. Vous êtes sûrement les premiers agents soviétiques à naviguer dans l'un d'eux. J'espère que vous serez décorés pour ça… Enfin, quand on vous laissera retourner dans votre pays, ce qui n'est peut-être pas pour demain… Au moins en ce qui concerne M. Lenihan, qui a du sang sur les mains.

Paul Finn eut un léger sourire. Sans doute pensait-il à son confrère Abel, échangé contre Powers. Lenihan faisait grise mine. Moira Babins semblait épuisée, incapable d'une quelconque réaction. Gordon lâcha quelques insultes entre ses dents. Quant à Pearl, elle regarda Hubert avec ses beaux yeux candides, largement ouverts.

— Vous n'allez tout de même pas *me* mettre en prison ? protesta-t-elle avec une grande douceur.

— Si vous pouviez faire la preuve que vous êtes réellement mineure, répliqua Hubert, cela pourrait évidemment s'arranger pour vous…

Il ajouta plus bas :

— Mais, pas pour moi.

DU MÊME AUTEUR
AUX ÉDITIONS ARCHIPOCHE

OSS 117 PREND LE MAQUIS

Ça se corse pour OSS 117 !

Informé que les Russes installent en divers points du globe des bases ultrasecrètes dans des grottes sous-marines, le chef du service action de la CIA envoie son agent OSS 117 sur l'île de Beauté, où vient de disparaître un homme-grenouille surentraîné.
Mais tout se corse. Pour avoir oublié, dans le feu de l'action, que son Beretta ne contenait que huit balles au lieu des dix de son J. C. Higgins resté dans l'autre poche, Hubert Bonisseur de la Bath a failli perdre la vie… mais aussi Brigitta, pour qui il éprouve une immense tendresse.

ISBN 978-2-37735-511-2 / IF 742075 / 192 pages / 6 €

STRIP-TEASE POUR OSS 117

OSS 117 persiste et signe !

La CIA est avertie que des documents ont été remis par un de ses agents à une jeune touriste française à Moscou. Or, Isabelle la bien nommée prétend qu'elle ne sait rien.
Le colonel Hubert Bonisseur de la Bath est persuadé que tout s'est passé à son insu. Dans la nuit d'Amsterdam, quelques voitures se retrouvent régulièrement dans le canal… entre autres, celles d'espions soviétiques lancés sur la même piste. OSS 117 va-t-il tomber la veste ?

ISBN 978-2-37735-513-6 / IF 742076 / 192 pages / 6 €